金融学季刊

Quarterly Journal of Finance

编委会名单（按姓氏拼音排序）

金融学季刊

2008 年 第 4 卷 第 2 期

目　录

Quarterly Journal of Finance
Vol. 4 , No. 2 , 2008

CONTENTS

金融学季刊
2008 年 第 4 卷 第 2 期

Quarterly Journal of Finance
Vol. 4, No. 2, 2008

大股东资金占用与
上市公司"ST"关系的研究

岳 衡 王汉生 姜国华[*]

摘 要 本文研究了大股东占用上市公司资金行为对上市公司被特别处理(ST)的影响。我们发现,在控制了传统的预测公司破产的财务数据变量以后,大股东资金占用和上市公司被"ST"的概率具有强烈的正相关关系。同时,本文发现大股东持股比例、大股东性质、公司规模、上市公司所在地区市场化程度都对占款程度有显著影响。本文的研究结果为分析大股东盘剥中、小股东的行为提供了直接的证据。

关键词 大股东,特别处理,盘剥行为,法与金融学

一、问题的提出与研究假设

上市公司中普遍存在着能够影响公司经营决策的大股东,是我国证券市场的显著特点之一。传统的经济学、金融学对大股东问题研究较少,主要是由于在发达的欧美证券市场上,分散股权引起的所有权和经营权分离问题是大家关注的最主要问题。近年来,随着新兴资本市场在国际资本市场上地位的提高,对新兴资本市场上普遍存在的集中股权和大股东的研究也在逐渐引起学者们的更多注意(La Porta 等,1999)。

大股东的存在对公司治理和公司业绩的影响是一个很复杂的问题。传统的公司理论主要集中于研究(分散的)股东和经理层之间的关系,即所有权与经

* 作者单位:北京大学光华管理学院。通讯作者及地址:姜国华,北京大学光华管理学院,100871;E-mail:gjiang@gsm.pku.edu.cn。我们感谢田利辉博士和两位匿名审稿人的建议。本文得到国家自然科学基金重点项目"产权保护导向的会计研究"(项目批准号 70532002)的支持。

营权分离而产生的代理问题。为了更好地解决这个问题,研究者提出大股东的存在可以在一定程度上作为对经理层的监督机制,减轻了因为分散的小股东缺乏监督经理层的动机而产生的代理问题(Shleifer and Vishny, 1986)。然而,大股东的出现在减轻了一个代理问题的同时,却产生了另一个代理问题。大股东固然可以发挥监管经理层的作用,但是,当大股东可以控制公司的经理层和经营活动以后,大股东的私人利益开始和其他股东在公司中的利益发生冲突。大股东最大化自身利益的动机意味着他们可能采取盘剥其他股东利益的行动(tunneling, expropriation)。

大股东盘剥其他股东利益的方法有很多。Johnson 等(2000)列举了以下几种方式:把上市公司的发展机会转移给自己或自己控制的其他子公司;在集团内部交易中从上市公司向自己或自己控制的其他子公司转移利润;占用上市公司的资产、资金,或使用上市公司的资产为自己的融资活动做抵押、担保等;进行资本运作稀释其他股东的权益。

虽然学术界对投资者保护、公司治理与上市公司经营业绩关系的研究取得了很多成果,但是,无论我国还是国外的研究,通过实证分析,直接衡量大股东盘剥中小股东利益的渠道和程度并提供其严重后果证据的文章还比较少。

首先,以哈佛大学 Andrei Shleifer 教授为代表的"法和金融学"研究对法律、监管以及投资者保护与证券市场发展的关系进行了开创性的工作。"法和金融学"研究表明,在投资者保护薄弱、公司治理水平低下的证券市场上,投资者获得的回报差、企业融资成本高、上市公司交易价值低,而更为严重的后果是证券市场规模变小,在国民经济中地位降低(La Porta 等,2000,及 La Porta 等系列文章)。但是,这些"法和金融学"研究的一个特点是他们都是国家层面上的研究,样本的观察值是以国家为单位计量的(country-level),通过衡量一个国家投资者保护或公司治理的指标,来检验国家间上市公司整体业绩表现与投资者保护或公司治理的关系,并依此得出结论。国家层面的研究可以衡量投资者保护或公司治理对证券市场发展的贡献,但是,投资者保护或公司治理如何影响上市公司业绩的问题却不能由国家层面研究来回答,我们需要公司层面(firm-level)的研究来回答该问题。

其次,最近的研究已经开始从公司层面来研究大股东盘剥行为(作为投资者保护和公司治理一个重要方面)对上市公司业绩的影响。但是,无论是在国内还是国际上,直接衡量大股东盘剥行为的文章都比较少见。大多数研究都是通过股票价格的反应(事件研究)来间接地倒推出大股东盘剥行为的存在。例如,Bae 等(2002)研究了韩国大型企业集团子公司之间的购并行为。他们发现,企业集团的大股东通过购并行为将利益从自己控股低的子公司转移到自己控股高的子公司,从而损害了控股子公司中其他股东的利益。然而,虽然这个研究是在公司层面研究大股东盘剥行为,但是它没有能够直接衡量利益转移的具体方式和对其他股东损害的程度。盘剥行为的存在是通过子公司股票价格在购并行为中的变动引申出来的。同样的问题还出现在 Cheung 等(2006)的研究中。

　　本文研究我国证券市场上大股东占用上市公司资金的问题。大股东占用上市公司资金是一种比较独特、后果严重的盘剥行为。Johnson 等(2000)列举的其他盘剥行为往往使用各种交易行为做掩饰,比较难以断定这些交易行为是合理的经营活动,还是盘剥股东利益的手段。但是各个国家的法律、法规基本上都禁止非金融企业之间的资金拆借[1],更不允许控股股东和上市公司之间的资金拆借行为。所以,控股股东从上市公司直接取得现金(一般以借款的名义)是赤裸裸的盘剥行为。由于我国的证券市场发展历史短暂、各种监管措施和市场机制不完善,大股东占用上市公司资金问题比较普遍,并成为破坏我国证券市场发展的重要痼疾。[2]

　　因此,本文使用大股东占用上市公司资金的程度作为大股东盘剥其他股东利益的衡量指标,并研究其经济后果。在经济后果的衡量上,我们使用的是上市公司被特别处理(ST)的概率。

　　按照我国证券市场监管机构的规定,当上市公司出现财务状况异常,导致投资者难以判断公司前景,投资者利益可能受到损害时,交易所要对该公司股票交易实行特别处理。在特别处理期间,该公司股票的交易需要遵循下列规则:股票报价日涨跌幅限制为 5%;股票名称改为原股票名称前加"ST";上市公司的中期报告必须审计。同时,一旦上市公司被"ST"以后,它就不可能再从证券市场上进行再融资。因此,"ST"对上市公司来说是极端不利的事件,投资者也要遭受重大的投资损失。在公司破产机制还不健全的情况下,"ST"代表了我国上市公司财务失败(financial distress)的状态。与未来会计盈利能力或者股票市场表现相比,是否被特别处理更能够凸显大股东资金占用的严重后果。

---

〔1〕　当然,不包括在证券市场上购买其他企业的股票或者债券。
〔2〕　控股股东占用上市公司资金的现象在其他国家同样存在。例如,近年来比较出名的案例是美国世通公司创始人兼控制人家族利用上市公司资金支付家庭支出,并操纵公司业绩、欺骗投资者的丑闻。

如果大股东出于盘剥的目的,占用上市公司的资金,那么上市公司将由于资金的不足而造成经营困难的局面。随着其盈利能力的下降、亏损的增加,上市公司被"ST"的概率也增加。因此我们的研究假设表述如下:

研究假设:在控制了传统的财务困境预测变量的基础上,大股东占用上市公司资金的程度和上市公司未来被"ST"的概率正相关。

本文使用我国上市公司 1998 年到 2007 年间的数据,研究结果显示,大股东占用上市公司资金是造成上市公司被"ST"的最主要因素之一,基本支持我们的假设。[3] 大股东占款最少的 10% 的公司中最终被"ST"的比例很低,只有1.16%;而大股东占款最多的 10% 的公司中最终被"ST"的比例高达 14.62%,差别达 10 倍以上。多元逻辑回归模型分析表明,传统的破产研究中使用的财务数据虽然对预测"ST"有一定作用,但是大股东占款在这些变量基础上有显著的增量预测能力。没有包含占款变量的预测模型的解释能力为 4.44%,而包含了占款变量的预测模型的解释能力在此基础上增加了近 10%。同时,占款变量的显著性仅仅小于资产回报率变量的显著性,而远远高于其他预测变量的显著性。

大股东占款问题是长期困扰我国证券市场的问题。从 2001 年开始,以证监会为代表的监管机构多次发布规定、通知,要求大股东归还占用上市公司的资金,但是一直没有取得理想的进展。大股东占款直接导致了上市公司盈利能力低下,并因此加重了 2001 年开始的股票市场的长期低迷状态。2005 年 11 月1 日,国务院转发了证监会《关于提高上市公司质量意见》,明确要求大股东必须在 2006 年年底以前解决占款问题,并首次明确提出了"国有控股股东限期内未偿清或出现新增侵占上市公司资金问题的,对相关负责人和直接责任人要给予纪律处分,直至撤销职务;非国有控股股东或实际控制人限期内未偿清或出现新增侵占上市公司资金问题的,有关部门对其融资活动应依法进行必要的限制。要依法查处上市公司股东、实际控制人利用非公允的关联交易侵占上市公司利益、掏空上市公司的行为。加大对侵犯上市公司利益的控股股东或实际控制人的责任追究力度,对构成犯罪的,依法追究刑事责任"。此《意见》发布级别

---

〔3〕 另外一种可能的解释是资金占用与公司财务失败的内生性问题。不是大股东占款导致了上市公司未来业绩恶化,而是大股东理性地预测到了未来业绩的恶化,所以占用上市公司资金。但是Peng 等(2006)的结果表明这个可能性比较小。具体来说,Peng 等(2006)发现大股东盘剥行为发生在上市公司前景比较好的时候。在上市公司前景比较差的时候,大股东反而倾向于支持上市公司(propping)。

之高、措辞之严厉是证券监管过程中少见的,尤其是直接提出了解决占款问题由大股东管理层个人负责的规定,前所未有地加大了惩戒的力度。

截至 2006 年年底,大股东占用上市公司资金问题基本得到解决,除了偿还现金或实物资产外,部分缺乏偿还能力的大股东选择了以股抵债。解决大股东占款问题和股权分置改革是 2006 年以后我国股票市场进入一个大"牛市"阶段的主要原因。

但是,最近媒体披露了大股东占款重新出现的例子。[4] 更深层次上,我国上市公司股权结构"一股独大"的现象没有改变,大股东和其他股东之间因为代理问题产生的利益冲突的机制没有改变。因此,具有盘剥动机的大股东仍然会通过其他渠道侵占中、小股东利益。因此,研究上市公司特征与盘剥行为的关系具有重要的意义。本文在研究了大股东占用上市公司资金对公司被特别处理的关系后,进一步分析公司特征与大股东资金占用之间的关系。

在以前文献的基础上,我们研究了大股东持股比例、公司规模、大股东性质、上市公司所处地区的市场化程度,和上市公司"金字塔层级"与资金占用的关系。我们发现,大股东持股比例越大、公司规模越大,占款程度越低。当第一大股东是国有股东或国有法人股东的时候,占款比例比其他股东低。上市公司所处地区市场化程度越高,该地区上市公司大股东占款越少。我们没有发现上市公司"金字塔层级"与资金占用有显著的关系。

利用性质恶劣、影响重大的大股东占款来研究大股东盘剥效应更有利于发现影响大股东盘剥行为的动机和决定因素,对未来这方面的研究提供了借鉴。

本文其余部分的结构如下:第二部分分析大股东资金占用与上市公司被"ST"的关系;第三部分研究上市公司特征与资金占用程度之间的关系;第四部分给出结论并提出一定的政策建议。

二、大股东资金占用与上市公司"ST"的关系

(一) 样本的选取

我们的 ST 样本取自色诺芬数据库。从其 A 股日度价格回报库中,我们可以取得公司代码、交易日和交易状况三个变量。根据色诺芬数据库的数据字典

---

[4]　例如,2008 年 8 月 8 日新浪财经报道,证券监管部门正在查处 ST 东盛大股东最新占款问题,涉案金额据估计达 5.7 亿元。

解释,上市公司正常交易的交易日内"交易状况"的取值为0;ST状态下的交易日内"交易状况"的取值为1。所以,我们把一个公司"交易状况"的取值从0变成1的那个交易日作为上市公司被ST的日期,并定义其年份为第t年。

因为大部分ST公司是由于$t-1$和$t-2$年亏损而在第t年中被"ST",所以我们主要的检验是根据第$t-3$年的数据来预测公司在第t年被"ST"的概率。之所以选择第$t-3$年的数据来做预测是因为在第$t-1$财务报表公布后,一个公司是否连续两年亏损已经知道,所以没有预测的必要;而在第$t-2$年的财务报表公布后,当年盈利的公司肯定不会在第t年被"ST",所以预测的必要性也不大。而在第$t-3$年,未来两年的盈利状况都未知,预测才是一件必要的事情。

ST制度从1998年开始实施,但是,因为我们在预测第t年中被"ST"的概率要利用第$t-3$年的数据,而色诺芬数据库所记录的大股东持股比例数据从1998年才开始有,即我们使用1998年的财务数据预测上市公司在2001年被"ST"的概率,使用1999年的财务数据预测在2002年被"ST"的概率,依此类推。我们选取2001年至2007年被"ST"的公司,它们对应的用于预测的财务数据为1998年至2004年。我们同时要求预测年度该公司的净利润为正。因为如果第$t-3$年的净利润为负,那么公司下一年如果净利润为负,就会马上被"ST",而不用等到第t年了。

根据这种样本的选取方法,我们一共取得了6 039个样本公司年度,其中ST样本287个,非ST样本5 752个。其年度分布如下。

表1　样本年度分布

被"ST"年度	样本数	ST样本数	ST样本数/样本数
2001	624	21	3.37%
2002	738	41	5.56%
2003	819	52	6.35%
2004	882	37	4.20%
2005	922	31	3.36%
2006	1 010	59	5.84%
2007	1 044	46	4.41%
总计	6 039	287	4.75%

(二) 对大股东资金占用的衡量及初步检验

沿用姜国华、岳衡(2005)中的方法,本文依然使用其他应收款占总资产的比例(ORECTA)作为对大股东占用上市公司资金的衡量指标。我国上市公司年报的资产负债表中主要包括两个应收项目：和销售有关的应收账款、非经营性的其他应收款。应收账款的会计计量对象十分明确，是销售活动形成的未收回货款。大股东直接对上市公司的资金占用一般以"暂借款"的名义被包括在其他应收款中。需要指出的是，其他应收款中不仅包括大股东占用的资金，还包括其他非关联公司因为非销售关系和上市公司形成的应收款项。但是，通过对一些公司其他应收款项目的检查，姜国华、岳衡(2005)发现，如果有大股东资金占用的话，大股东资金占用都是其他应收款的重要组成成分，而且占用时间长、还款难度大。相反，其他应收款中包含的非大股东借款或非大股东关联公司借款在短时间内即被收回，所以其他应收款中不属于大股东(及其关联公司)的部分对公司价值的影响应该很小。同时，我们也很难想象出其他应收款中的另一类系统性的应收款项能够同样预测公司未来的市场表现，并且这个款项的影响还超越了大股东占用的影响。所以，使用其他应收款作为大股东占用资金的衡量有足够的合理性。[5] 黄志忠、薛云奎(2005)采用了同样的计量方法。

　　在进行正式的假设检验之前，我们先做单变量分析。根据其他应收款占总资产的比例，我们把样本公司年度分成同样大小的十个组合。第一个组合是其他应收款占总资产比例最少的10%的公司，以此类推，直到第十个组合是其他应收款占总资产比例最多的10%的公司。图1汇报了每一个组合的公司中最终被"ST"的比例。可以看出，大股东占款最少一组的公司中最终被"ST"的比例很低，只有1.16%；而大股东占款最多一组的公司中最终被"ST"的比例很高，达到14.62%。这十组之间"ST"比例的变化基本呈递增关系，随着大股东占款的增加，上市公司被"ST"的概率也逐渐增加。尤其是占款比例最高的四组中的公司，每一组中上市公司被"ST"的概率都在5%以上。

　　图1初步表明大股东资金占用和上市公司被"ST"之间有正相关关系，支持我们的研究假设。以前的研究表明，其他一些公司财务、股权结构数据也能够预测上市公司被"ST"的概率。所以在以下的部分，我们建立多元预测模型，检

---

　　[5]　2006年6月1日，上海和深圳证券交易所在媒体公开披露了189家上市公司截至该日前大股东资金占用余额。这个余额和这些公司2005年年报中披露的其他应收款余额相关系数为73.7%。我们还使用叶康涛(2006)中手工收集的1999—2002年中1134个制造业上市公司年度的大股东实际资金占用余额和同期其他应收款相对比，两者的相关系数同样在70%以上。同时，按本文的方法使用其他应收款分组基本上和使用叶康涛(2006)实际占用余额分组得到同样的公司排序。这些证据表明其他应收款作为大股东实际资金占用代理变量的可信性比较高。

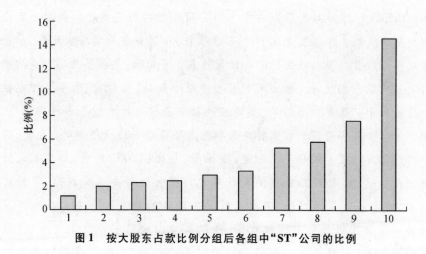

图1 按大股东占款比例分组后各组中"ST"公司的比例

验大股东资金占用在控制了其他具有预测能力的变量以后,是否还有预测"ST"概率的能力。

(三) 对"ST"概率的多变量分析

在我国股票市场上,上市公司破产的例子还很鲜见,因此以前关于我国上市公司财务失败的研究基本上把被"ST"作为我们上市公司财务失败的情况来研究。这些研究基本上遵循了国外关于公司破产研究的方法(Altman,1968;陈晓、陈治鸿,2000;陈静,1999)。

以国外数据为基础的研究用来预测财务失败的数据基本上是财务数据,可以分为以下几个大类:盈利能力(如主营业务利润率)、资产使用效率(如资产周转率)、偿债能力(如负债资产比率)、现金流量(主要指经营现金流)、成长潜力(如收入增长率)和公司规模(如总资产)。以我国数据为基础预测财务失败的研究除了应用了这些财务数据以外,还应用了其他两个变量。一个是股权结构,尤其是大股东是否存在及其持股比例。因为我国的上市公司大部分都有一个具有控制公司重大决策能力的大股东,所以当上市公司面临财务失败的可能时,大股东往往会施以援手。姜国华、王汉生(2004)发现,大股东确实有帮助上市公司避免被"ST"的行为;大股东持股比例越高,上市公司被"ST"的概率越低。另一个只在我国研究中出现的变量是营业外收支。以前的研究表明,公司操纵主营业务的空间小于其操纵营业外业务的空间。所以上市公司因为亏损而面临被"ST"的前景时,为了取得利润,往往在营业外业务上做手脚,帮助其取得好的利润数字。但是,姜国华、王汉生(2004)没有发现这个变量对"ST"有预测能力。

我们根据以前的研究和经验选取了以下的数据项目和大股东资金占用共同进行分析：资产回报率（ROA）、资产周转率（ATURN）、债务资产比率（LEV）、主营业务收入年增长率（SG）、营运现金比率（营运现金流除以总资产，OCF）、营业外收支净额（除以总资产，NONOPERAT）、总资产（取对数，SIZE）以及第一大股东持股比例（BLOCK）。为了控制极端值的影响，对于所有控制变量，我们都在 1% 和 99% 处进行了截尾处理。在大股东资金占用的衡量中，为了控制其和"ST"概率的非线性关系，我们使用了一个公司 ORECTA 在当年所有公司分10 组排序中的组别（1 到 10）代表，并标准化到（0,1）之间（R_ORECTA）。在下面的回归中，我们还控制了行业和年度的固定效应。

虽然在第二小节中我们发现大股东资金占用和上市公司被"ST"的比例正相关，但是这个结果是建立在没有控制其他能预测"ST"变量的基础上。所以在本节中，我们应用多元逻辑回归模型，把大股东占款和其他财务及股权结构变量一起作为自变量，来解释上市公司被"ST"与否。我们的目的是检验在控制了其他变量的基础上，大股东资金占用是否对公司未来被"ST"的概率具有预测能力。

表 2 显示了逻辑回归的结果。首先，第二列到第四列汇报了没有包含大股东占款变量的回归结果。以前大部分的研究基本上使用这些变量来解释"ST"的概率。本文的回归结果大体上也和以前的研究结果一致，同时符合理论上的预期。具体来说，资产回报率高的企业、资产周转率高的企业，未来被"ST"的概率更低。企业营运产生的现金流越多和规模越大的企业，被"ST"的概率越低。而负债越多的企业，未来被"ST"的概率越高。但是，营业外收支净额和销售收入增长率与被"ST"的概率之间的关系并不显著。[6]

与姜国华和王汉生（2004）一致，表 2 的结果显示，在不考虑大股东资金占用的前提下，第一大股东持股比例和公司未来被"ST"的概率呈负相关，而且在10% 的水平上显著。学术界对大股东对上市公司的影响有两种假说："增值假说"（value-added view）（Bae，Kang，and Kim，2002）和"盘剥假说"（tunneling view）（Bae，Kang，and Kim，2002）。以前的实证研究基本上是通过分析大股

---

〔6〕　由于我国的证券市场历史短、变化快，规范性也比较差，所以信息与事件之间的关系也没有完全达到一个均衡状态。体现在学术研究的回归分析中，就是一些变量的显著性在不同的研究中（使用不同的数据年度，或不同的样本等）缺乏彻底的一致性。所以，本文中的核心结论是建立在总样本、年度样本及辅助分析之间的一致结果的基础上，从而保障了结论的可靠性。

表2　应用逻辑回归模型预测上市公司被"ST"概率的模型估计结果

	Coefficient	Chi-Sq	P-value	Coefficient	Chi-Sq	P-value
INTERCEPT	3.044	0.008	0.928	0.312	0.000	0.9953
R_ORECTA				0.159	32.715	<0.0001
ROA	−28.334	65.920	<0.0001	−24.251	46.896	<0.0001
ATURN	−0.999	18.100	<0.0001	−0.858	13.390	0.0003
LEV	1.661	14.212	0.000	1.341	8.924	0.0028
SG	−0.068	0.321	0.571	−0.057	0.233	0.6296
OCF	−2.871	9.775	0.002	−2.162	5.474	0.0193
NONOPERAT	4.285	0.179	0.672	1.753	0.031	0.8593
SIZE	−0.286	10.962	0.001	−0.211	5.763	0.0164
BLOCK	−0.666	2.739	0.098	−0.360	0.776	0.3785
Fixed Effects	Industry and Year			Industry and Year		
PSEUDO-R^2:	4.44%			5.00%		

注:如果公司在第 t 年被"ST",逻辑回归模型的因变量取值为1,否则取值为0。所有自变量值取自第 $t-3$ 年。

东持股和公司价值(或回报)之间的关系来验证这两个竞争假说。本文则通过研究大股东在上市公司面临财务失败的可能时是帮助还是放弃,提供了另外一种验证方法。结果表明,大股东在上市公司中持股越多,越倾向于扮演"帮助之手"(helping hand)的角色。

　　表2的第五列到第七列显示了加入大股东占款后的逻辑回归结果。除了第一大股东持股比例外,其他变量的系数估计都没有发生显著变化,系统的统计显著性也没有显著改变。但是,第一大股东持股比例的回归系数失去了显著性。同时,大股东占款变量的系数在1%的水平下显著,而其显著性水平仅仅小于资产回报率,而远远高于其他变量。这个结果告诉我们:第一,在控制了其他财务变量以后,大股东占款程度对上市公司被"ST"的概率有显著影响;第二,大股东对上市公司是否被"ST"的影响很大程度上是由其占用上市公司资金程度决定的。换句话说,姜国华、王汉生(2004)所发现的大股东"帮助之手"的作用,很可能是由于大股东持股比例越高,其占用上市公司资金程度越低造成的(后面的大股东盘剥决定因素分析中验证了这一点)。所以,一旦控制了对上市公司资金的占用,第一大股东持股情况对"ST"的预测能力就受到削弱。

　　综上所述,大股东占用上市公司的资金越多,上市公司出现财务失败、被"ST"的可能性就越大。以前的研究和案例都说明,大股东占用资金经常是数额巨大、占用时间长,有的甚至根本没有归还的诚意,甚至出现大股东占用后携款潜逃的事件(姜国华、岳衡,2005)。造成的结果就是上市公司经营滑坡、现金周转困难、亏损加剧,最终导致上市公司被"ST"。本文的结果,不论是单变量分析还是多元分析,都表明在我国证券市场上,大股东占款是传统的财务数据之外又一个能够预测上市公司财务失败的变量。对投资者来说,传统的财务数据虽然重要,但是,具有我国新兴市场特殊性的因素也一定不能忽视,尤其是和股权结构有关的因素。

　　为了进一步保证本文主要结论的可靠性,我们还对包含了大股东占款变量的逻辑回归模型进行了分年度的估计。结果如表3所示。从表3可以看出,在七年当中,唯一一直维持了显著性的变量是直接衡量企业盈利能力的资产回报率。大股东占款在四年中显著,在其他年度虽然无显著性,但是系数依然为正。第一大股东持股比例在2003年和2006年显著为负,在其他年度或不显著,或符号不符合预期。

表3　分年度应用逻辑回归模型预测上市公司被"ST"概率的模型估计结果

	2001	2002	2003	2004	2005	2006	2007
INTER	7.77	− 5.30	3.18	− 0.48	8.26	− 1.74	− 5.72
R_ORECTA	0.31**	0.09	0.09	0.25**	0.13	0.17**	0.15**
ROA	− 26.56**	− 13.13*	− 23.19**	− 22.58*	− 45.15**	− 39.31**	− 22.93**
ATURN	0.79	− 1.19	− 0.51	− 2.40**	− 1.03	− 1.21**	− 0.98*
LEV	− 0.32	2.99**	− 0.19	1.37	1.48	2.18**	1.32
SG	− 0.19	− 0.39	− 0.77*	− 0.14	− 0.24	0.13	0.33
OCF	0.68	− 6.58**	− 3.71	1.21	− 0.53	− 1.55	− 2.94
NONOPERAT	− 52.02	− 13.06	27.48	2.40	− 4.07	1.32	22.80
SIZE	− 0.66*	0.11	− 0.28	− 0.31	− 0.60	− 0.10	0.02
BLOCK	1.44	− 1.00	− 1.71*	1.78	1.21	− 3.35**	0.55
Fixed Effects	Yes	Yes	Yes	Yes	Yes	Yes	Yes
Obs:	613	732	812	878	920	1 008	1 033
PSE-R^2:	5.5%	6.1%	7.3%	8.1%	4.9%	10.4%	4.7%

　　注:*表示显著性小于10%,**表示显著性小于5%。下同。

　　综合本节的实证结果,我们认为大股东占款是除了传统预测财务困境的财务变量以外的另一个重要变量。因为大股东大量占用上市公司的资金,致使上市公司缺乏足够的经营能力,导致盈利能力下降、亏损增加,并最终因为连续亏损被特别处理。

三、上市公司特征与大股东占款

以上研究结果表明,在我国证券市场上,大股东占款是导致上市公司财务失败的主要因素之一。占款导致上市公司盈利能力下降,甚至导致上市公司被特别处理或退市。其波及上市公司之广,加重了2001年以后我国证券市场长期低迷的状态。虽然2006年底,经过国务院和证券监管机构的努力,大部分上市公司的占款问题得到解决,但是"一股独大"甚至"一股独霸"的局面并没有得到改善。一旦监管风暴过去,同样的问题很可能再度发生,或大股东改变侵占方式,采用更加隐蔽的方法攫取上市公司资源。因此,在本节中,我们通过研究上市公司特征与大股东占款的关系,来确定影响大股东占款程度的因素。大股东占款即使得到了解决,这些影响因素也可能继续存在,我们的研究结果可以帮助投资者事先发现更可能盘剥中小投资者的大股东,从而采取措施,避免承受投资损失。

(一)第一大股东持股比例

首先,我们分析第一大股东持股比例(BLOCK)与大股东占款之间的关系。如前所述,占用上市公司资金是一项重大的事件,而且严重影响了上市公司的正常经营。所以可以说,如果大股东对上市公司没有绝对的控制,是做不到这一点的。但是,理论上很难确定一个持股比例的临界点,从而高于这个临界点就意味着绝对控制,低于这个临界点就无法控制。大股东能否绝对控制上市公司不仅取决于其自身持有股权比例,还取决于是否存在一个有重要影响力的第二大股东,以及其他股东的分散程度等因素。对于上市历史比较短的公司,发起股东即使持股比例比较小,但是因为公司的董事会、经理层都是他们推动建立起来的,所以发起股东可能在公司决策中有远远超过其股权权力的决策权。同时,一个证券市场的监管效率、法制环境、公司治理效率等外部因素的好坏也可能限制或放纵大股东对上市公司的负面影响。即便如此,平均来讲,大股东持股比例越大,其占用上市公司资金的能力越大。我们因此称这种可能性为大股东的"盘剥能力效应"。

但是,随着大股东持股比例的增加,大股东占用上市公司资金的意愿可能会降低。占用上市公司资金实际上就是大股东侵占其他股东财富的行为。如果大股东持股比例比较低,比如说只有20%,那么他每占用上市公司1元钱,实际是收回了本来就属于自己的 0.2 元,同时侵占了其他股东 0.8 元。相反,如果大股东持股比例比较高,比如说占 80%,那么他每占用上市公司 1 元钱,实际是收回了本来就属于自己的 0.8 元,而只侵占了其他股东 0.2 元。这样,持股比例越低的大股东占用资金的欲望就越强,而随着持股比例的增加,大股东占用资金的欲望会随之降低。一个 99.99% 持股的大股东会认为钱在上市公司里还是在自己手里都是一样的,没有任何占用上市公司资金的必要。我们称这种现象为大股东的"盘剥意愿效应"。

　　总之,大股东的"盘剥能力效应"预期占用上市公司资金的程度随着大股东持股比例的增加而增加,而大股东的"盘剥意愿效应"预期占用上市公司资金的程度随着大股东持股比例的增加而减少。在我国的证券市场上哪种效应占主导地位是我们下面要检验的问题。

　　每一年,我们把所有样本按大股东持股比例从低到高分成 10 个组合,然后计算每个组合中平均大股东持股比例和平均占用资金程度。结果如图 2 所示,汇报了七年的平均结果(左侧竖轴代表大股东持股比例,右侧竖轴代表占款程度)。图 2 显示,大股东资金占用先随着大股东持股比例的增加而上升,在第 3 组中达到资金占用程度的顶点。该组平均第一大股东持股比例为 29.2%,平均占用上市公司资金为总资产的 7.8%。然后,随着大股东持股比例的增加,资金占用反而在下降。到第一大股东持股比例最高的第 10 组时,第一大股东持股比例平均为 72%,但是,大股东占款却最少,平均占用上市公司资金只有总资产的 2.1%。

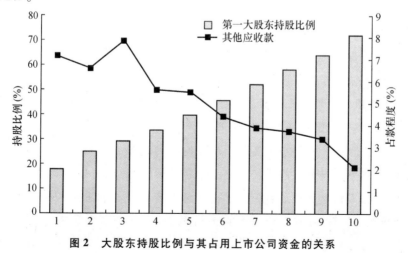

图 2　大股东持股比例与其占用上市公司资金的关系

注:大股东持股比例使用左侧竖轴刻度,大股东占款程度使用右侧竖轴刻度。

这样的结果十分有趣,它首先说明了大股东持股比例是决定资金占用的重要因素。但是,两者之间的关系不是单调的线形关系,而是一个非线性的关系。在大股东持股比例比较小的时候,"盘剥能力效应"大于"盘剥意愿效应",所以随着大股东持股比例和盘剥能力的增加,资金占用呈上升趋势。在大股东持股比例比较大的时候,"盘剥意愿效应"开始逐渐显得比"盘剥能力效应"更重要,所以随着大股东持股比例(盘剥能力)的增加,资金占用反而呈下降趋势。

为了检验第一大股东持股比例和资金占用之间的关系的显著性,我们把大股东占款对第一大股东持股比例及其平方项进行了线性回归分析。未汇报的回归结果表明第一大股东持股比例平方项的系数显著为负,说明两者之间存在一定程度的非线性关系,印证了图 2 中的结果。

综合来讲,"盘剥能力效应"和"盘剥意愿效应"都是决定大股东行为的主要因素。"盘剥能力效应"决定了整个市场上资金占用(盘剥的一种方式)的平均水平,而"盘剥意愿效应"则决定了资金占用程度对大股东持股比例变化的敏感程度。

图 2 中另外一个重要的实证发现是资金占用最严重的公司多为大股东持股比例在 30% 附近的公司。如前所述,理论上我们很难事先确认出大股东掌握上市公司控制权的最低持股比例。图 2 的结果显示,在现阶段我国的证券市场上,平均来讲,拥有一个上市公司 30% 的股票即可以对这个上市公司具有控制权。应该说,这样的比例是很低的。

(二) 其他影响因素

除了第一大股东持股比例外,我们还检验以下几个因素对大股东占款的影响,分别是大股东性质(STATE)、上市公司所在地市场化程度(MARKETIZA-TION)、大股东对上市公司的控制层级(LAYER)和公司规模(SIZE)。

由于我国的上市公司大部分是由国有企业分离上市形成的,所以相当一部分企业的大股东是国家或国家各级机构。其他的大股东则是私人、私人企业、集体企业或其他社会机构和组织。不同类型的股东在目标追求上有所不同。例如,政府作为股东关心的不仅是企业利润的最大化,还包括社会的稳定、财富分配的平均、人民就业等,而非政府股东则更多地关注从企业中得到的回报。以前的研究也表明,在处理企业的重大问题上,不同类型的股东表现出的价值取向也有所不同(张翼和王志诚,2004;黄志忠和薛云奎,2005)。因此,我们在这里分析国有股东(包括国有股和国有法人股)和非国有股东(以下简称社会法人股东)在占用上市公司资金方面是否有差别。我们将所有样本分为两组：第一大股东是国有股东的组、第一大股东是社会法人股东的组。

樊刚和王晓鲁(2004)编制了我国各个省份的市场化进程指数,该指数是衡量一个地区政府与市场的关系、非国有经济的发展、产品市场发育程度、要素市场发育程度和市场中介的发育和法律环境的综合指标。市场化程度高的地区往往投资者保护程度也高。因此,这个指标越好的地区,大股东盘剥其他股东利益的行为越容易受到制约和处罚,市场化指数和大股东占款负相关。

Fan, Wong and Zhang (2005)是较早研究我国上市公司中控制层级对企业行为影响的文章。他们认为控制层级越多,大股东越容易通过复杂隐蔽的控制关系盘剥其他股东的利益,因此我们预期这个变量和大股东占款正相关。

公司规模是一个控制变量,上市公司规模越大,受到的社会关注和市场的监督越强,因此盘剥股东利益的行为越容易受到限制。表 4 是我们所进行的多元回归的结果。

表 4　大股东占款决定因素分析

	Model 1	Model 2	Model 3	Model 4
INTERCEPT	0.440 ***	0.479 ***	0.485 ***	0.482 ***
BLOCK	− 0.075 ***	− 0.068 ***	− 0.067 ***	− 0.069 ***
SIZE	− 0.017 ***	− 0.019 ***	− 0.014 ***	− 0.013 ***
STATE		− 0.013 ***	− 0.019 ***	− 0.018 ***
MARKETIZATION			− 0.001 *	− 0.002 **
LAYER				0.001
Adjusted R^2	12.90%	12.87%	13.06%	13.14%

在表 4 中,我们逐步加入更多的变量,所有的变量在不同的模型中表现出了一致性。第一大股东持股比例显著地和大股东占款负相关,和图 2 中的单变量分析结果一致。公司规模和占款程度负相关。我们认为重要原因在于:一方面,规模大的公司受到的社会关注和监督比较多,因此可能抑制大股东的盘剥行为;另一方面,规模大的公司中包含一些垄断行业中的公司,这些公司的大股东自身都有良好的盈利能力,因此占用上市公司资金的动机比较弱。

如果大股东是国家或国有法人,其占款的程度比其他大股东低。我们认为原因在于:一方面,国有大股东因为占款带来的个人利益比社会法人大股东少,所以动机也相对较弱;另一方面,如果大股东是政府的国有资产管理部门,大股东占款的行为就很少发生。

如我们所预期的,如果上市公司位于市场化程度比较高的省份,其大股东占款的程度比其他地区小,体现了市场化体制下投资者保护的程度比较高。但是,我们没有发现控制层级和占款程度有显著的关系。

本节从大股东持股比例、大股东性质、控制层级、上市公司规模和上市公司所在地区市场化程度等比较宏观的方面探索了大股东占款的影响因素。这些因素不仅能够影响大股东直接占款程度,而且肯定也会影响大股东通过关联交易等隐蔽手段侵占上市公司利益的程度。因此,研究这些因素对一个比较明显的侵占行为(大股东占款)的影响,可以加深我们对这些决定因素的理解,帮助投资者更好地保护自己的利益。

当然,我们的分析目的只是研究这些因素对大股东占款的影响,并不是全面评价这些因素对上市公司价值和证券市场发展的影响。例如,虽然大股东持股比例和占款程度负相关,但是我们并不认为企业都应该增加大股东持股比例;虽然国有大股东的占款程度比其他股东的占款程度低,但是我们并不认为应该停止"国退民进"的国有企业改革过程。这些问题不是本文能够回答的内容,我们留待今后的研究中进一步探讨。

四、结论及政策建议

本文的研究结果表明,在我国股票市场上,大股东对上市公司的资源侵占是造成上市公司被特别处理的重要因素,其对上市公司被"ST"概率的预测能力超过了大部分传统财务数据指标。在控制了大股东对上市公司的资金占用后,第一大股东持股比例失去了对"ST"概率的预测能力。进一步的分析发现,第一大股东持股比例和大股东资金占用程度呈非线性关系,表明大股东的"盘剥能力效应"和"盘剥意愿效应"都是决定大股东行为的主要因素。同时,本文发现,大股东性质、公司规模和上市公司所在地的市场化程度都对大股东资金占用有影响。

本文的研究结果对我国证券市场的发展有比较重要的启示。包括资金占用在内的大股东的盘剥行为对证券市场的发展造成了严重的伤害。盘剥行为侵害了广大其他股东的正当利益,损伤了广大股东对证券市场的信心。在这样的市场上,投资者得到的回报低,企业融资的成本高,最后的结果必然是证券市场规模变小,在国民经济中的地位降低。

我国的证券市场监管机构对大股东占用上市公司资金的危害有十分清晰的认识,并多次试图合理解决这一问题。2003 年 8 月,证监会和国资委联合发布了《关于规范上市公司与关联方资金往来及上市公司对外担保若干问题的通知》，提出了纠正和防止侵占行为发生的具体监管措施。2005 年 11 月 1 日，国务院批转了证监会《关于提高上市公司质量意见》。《意见》明确规定了大股东必须在 2006 年年底前解决占用上市公司资金的问题，否则将面临法律和纪律的制裁。《意见》的出台充分说明了大股东占用资金的危害和我国政府解决这一问题的决心。本文的研究结果支持了我国政府对这一问题的认识。

在我国政府的"铁腕"治理下，到目前为止，应该说现存的大股东占款问题得到了基本解决，股权分置改革以后，大股东持有的股票也可以在市场上交易，这就较好地解决了股份不流通导致的大股东不在意股票价格变化的情况。可以说，股份不流通是导致大股东直接侵占上市公司利益的重要原因之一。

但是，即便如此，大股东和中小股东利益上的矛盾还将继续存在下去。一方面，如其他东亚国家的经验启示我们的，集中股权将是亚洲国家资本市场的一个重要特征。这既有历史传统的原因，又有担心分散股权所带来的股东和经理层之间代理问题的原因。因此，即使股权不再分置，我们也很难预期大股东会大量出售股票，使上市公司的股权充分分散化。

既然大股东的存在将是我国证券市场上一个长期存在的现象，如何发挥大股东在解决公司中代理问题上的优势，限制其对中、小股东的盘剥行为，将是监管机构和投资者都要考虑的问题。本文的分析结果告诉我们，大股东有"盘剥能力效应"和"盘剥意愿效应"两种相反的力量在发挥作用。我们要利用法律、法规、行业规则、媒体、道德、市场力量等各种手段限制大股东的"盘剥能力效应"，同时也充分利用大股东的"盘剥意愿效应"来限制其"盘剥能力效应"。从这个意义来讲，最差的股权结构安排是存在一个"小"的大股东。"小"的大股东具有一定的盘剥能力，同时又有很强烈的盘剥意愿，所以是最可能对证券市场造成伤害的。

具体来说，首先，第一大股东持股比例在 30% 左右的公司，大股东占款的倾向和程度都最大，因此，监管机构应该特别注意这些存在着"小"的大股东的上市公司。第二，我们要特别注意亏损公司及其背后可能隐藏的大股东占款问题。大量的公司亏损是由于资金被大股东占用。我们的法律和法规应该为中、小股东提供有效监督大股东的渠道，使他们在面临投资损失的情况下能够有渠道、有手段保护自己的正当利益。

参 考 文 献

[1] 陈晓、陈治鸿,2000,"中国上市公司的财务困境预测",《中国会计与财务研究》,第 3 期,第 55—92 页。

[2] 陈静,1999,"上市公司财务恶化预测的实证研究",《会计研究》,第 4 期,第 31—38 页。

[3] 蔡红艳、韩立岩,2003,"上市公司财务状况判定模型研究",《审计研究》,第 1 期,第 62—64 页。

[4] 樊刚、王小鲁,2004,《中国市场化指数:各地区市场化相对进程 2004 年度报告》。

[5] 黄志忠、薛云奎,2005,"控股股东性质、资源侵占与上市公司现金股利政策",汕头大学工作论文。

[6] 姜国华、王汉生,2004,"财务报表分析与上市公司 ST 预测的研究",《审计研究》,第 6 期,第 60—63 页。

[7] 姜国华、岳衡,2005,"大股东占用上市公司资金与上市公司未来回报关系的研究",《管理世界》,第 9 期,第 119—126 页。

[8] 叶康涛,2006,"关联交易、会计信息价值相关性与代理成本",北京大学博士论文。

[9] 张翼、王志诚,2004,"大宗股权转让与公司控制",《管理世界》,第 5 期,第 116—126 页。

[10] Altman, E., 1968, Financial Ratios, Discriminant Analysis and the Prediction of Corporate Bankruptcy, *Journal of Finance* 23, 589—609.

[11] Bae, K., J. Kang and J. Kim, 2002, Tunneling or value added? Evidence from mergers by Korean business groups, *Journal of Finance* 57, 2695—2740.

[12] Cheung, Yan-Leung, Lihua Jing, Raghavendra Rau, and Aris Stoutaitis, 2006, Tunneling, propping, and expropriation: Evidence from connected party transactions in Hong Kong, *Journal of Financial Economics* 82,343—386.

[13] Claessens, S., S. Djankov, and L. Lang, 2000, The separation of ownership and control in east Asian corporations, *Journal of Financial Economics* 58, 81—112.

[14] Claessens S., S. Djankov, J. Fan, and L. Lang, 2002, Disentangling the incentive and entrenchment effects of large shareholdings, *Journal of Finance* 57, 2741—2771.

[15] Fan, J., T. J. Wong, and T. Zhang, 2005, The emergence of corporate pyramids in China, working paper, Chinese University of Hong Kong.

[16] Gompers, P. A., J. L. Ishi, and A. Metrick, 2003, Corporate governance and equity prices, *Quarterly Journal of Economics* 118, 107—155.

[17] Jian, M. and T. J. Wong, 2004, Earnings management and tunneling through related party transactions: Evidence from Chinese corporate groups, Working Paper, The Chinese University of Hong Kong.

[18] Johnson, S., R. La Porta, A. Shleifer and F. Lopez-de-Silanes, 2000, Tunneling, *American Economic Review Papers and Proceedings* 90, 22—27.

[19] La Porta, R., F. Lopez-de-Silanes, A. Shleifer, and R. W. Vishny, 1999, Corporate ownership around the World, *Journal of Finance* 54, 471—517.

[20] La Porta, R. , F. Lopez-de-Silanes, A. Shleifer, and R. W. Vishny, 2000, Investor protection and corporate governance, *Journal of Financial Economics* 58, 3—37.

[21] Ohlson, J. , 1980, Financial ratios and the probabilistic prediction of bankruptcy, *Journal of Accounting Research* 18, 109—131.

[22] Peng, W. , K. C. Wei, and Z. Yang, 2006, Tunneling or propping: Evidence from connected transactions in China, Working Paper, Hong Kong University of Science and Technology.

[23] Qi, D. , W. Wu, and H. Zhang, 2000, Shareholding structure and corporate performance of partially-privatized firms: Evidence from listed Chinese companies, *Pacific-Basin Journal of Finance* 8, 587—610.

[24] Shleifer, A. and R. Vishny, 1986, Large shareholders and corporate control, *Journal of Political Economy* 94, 461—488.

Large Shareholder Tunneling and
Special Treatment of Listed Firms

Heng Yue   Hansheng Wang   Guohua Jiang

(*Guanghua School of Management, Peking University*)

Abstract   This paper finds that the more large shareholders "borrow" from listed companies, the more likely that the listed companies will be specially treated, after controlling traditional factors that affect financial distress. In addition, controlling shareholding, the nature of controlling shareholder, firm size, the development of market in the firm's region, all influence the degree of tunneling in a significant way. This paper provides evidence on the expropriation of minority shareholders by controlling shareholders.

Key Words   Large Shareholder, Special Treatment, Tunneling, Law and Finance

JEL Classification   G11, G18, K22

金融学季刊
2008 年 第 4 卷 第 2 期

Quarterly Journal of Finance
Vol. 4, No. 2, 2008

中国上市公司盈余粉饰现象的实证分析

郭轶芳　吴卫星[*]

摘　要　本文通过对 1990—2007 年我国上市公司年报盈余数据第二位数字分布的考察,发现普遍存在净利润、净利润同比增长比例以及正的每股收益被粉饰的现象,其中净利润同比增长比例被粉饰的现象最普遍。中国的盈余粉饰存在中国特有的退位至 8 的现象。与国外相比,我国的盈余数据可以从第二位数字为 6 时就向上进位,说明相关监管机制有待进一步完善。此外,调整后净利润作为一个控制变量,能较好地符合用 Benford 法则计算出来的预期频率分布,进一步证实了这一广泛使用的方法的可信度。

关键词　Benford 法则,粉饰盈余管理,异常分布

一、引　　言

日常生活中我们经常可以看到商场中很多商品的标价类似于 99 元或 1.98 元,恰好稍微低于某种进位或某个整数,这是为什么呢? **Brenner and Brenner**(1982)认为人类存在生理上的约束,每个人的记忆力是有限的,从而导致了对数字认知上的不连续性。消费者趋向于认为 99 元的商品比 100 元的商品便宜很多,同时我们也可以理解为 100 元在消费者的心中是一个消费门槛,这样商家就有动机在消费者心中的消费门槛之下定价。

那么,运用同样的道理,我们不禁要问,在中国上市公司的利润报表中,投

＊　郭轶芳,对外经济贸易大学国际经济贸易学院学生;吴卫星,对外经济贸易大学金融学院副教授、博士生导师。通讯作者及地址:吴卫星,北京市对外经济贸易大学金融学院,100029;E-mail: Wxwu@amss. ac. cn。本文得到霍英东青年教师基金资助(项目编号:111086)。作者感谢梁衡义博士、潘慧峰博士、郑建明博士以及对外经济贸易大学金融学院金融学讨论班上诸位同行在本文写作过程中给予的有益的意见和建议,但是所有的错误和疏漏都由作者自己负责。

资者对各指标是否也存在心中的门槛？如果存在，这个门槛会是什么样子的呢？上市公司的管理层是否存在动机在一定可操作范围内对利润报表的盈余数据进行粉饰？我们带着这样的问题，通过对 1990 年 12 月 31 日至 2007 年 9 月 30 日期间我国所有的上市公司利润报表中盈余数据的分析，发现投资者的心理和消费者的心理类似，上市公司趋向于对报表进行粉饰：当公司所汇报的净利润为正时，从左边起第二位数字出现 0 的频率比预期出现的频率显著地高，而出现 9 的频率比预期出现的频率显著地低；当公司所公布的净利润为负时，情况恰好相反，从左边起第二位数字出现 0 的频率比预期出现的频率显著地低，而出现 9 的频率比预期出现的频率显著地高。这点与以往研究的结论基本相同，说明中国也存在上市公司盈余粉饰的现象，但是值得注意的是：与以往有关国外的实证研究的结果相比，在我国，上市公司管理层进行盈余粉饰的现象更为普遍。

　　由于我们看到的报表中的数据可能并不是最真实的，有可能是已经经过粉饰的，所以我们需要找到一个没有人为粉饰的预期分布，需要知道真实的数据分布是怎样的。以往研究大部分都是粗略地认为盈余数据预期的分布应该是符合用 Benford(1938) 法则计算出来的分布，但是其在盈余数据领域中的实证支持相对缺乏。Kinnunen and Koskela(2003) 曾经用净销售额(net sales) 作为一个控制变量，他们推测在损益表中(income statement) 被排在第一行的净销售额在报告时可选择的会计方法比报告在最后一行的纯收益(net income)[1] 少，所以与纯收益相比，净销售额受到粉饰的程度应该更少，净销售额的异常分布应该更不显著。他们的计算结果在一定程度上证实了他们的推测，与纯收益相比，净销售额的异常分布确实更不显著。但是我们认为，尽管净销售额的异常分布不显著，但并不能代表未经过粉饰的真实纯收益数据也不存在显著的异常分布。当然，在真实的纯收益数据很难获得的情况下，净销售额的分布具有一定的参考价值。此外，国内学者也在努力验证 Benford 法则的适用性。岳衡等(2007) 考察了公司利润表中另外两个指标：营业外收入和应交所得税。他们认为，这两个指标是利润表中相对而言较少受人关注的指标，因此管理者对其进行粉饰的动机可能并不强烈，这两个指标的分布应该和 Benford 法则计算出来

---

　　[1]　相关领域的大部分文献的研究对象为纯收益，纯收益为正时即为净利润(net profit)，纯收益为负时即为净损失(net loss)。值得注意的是，中国上市公司的报表中采用的是净利润，与国外的概念不同，这个指标可以为负，因此可以看出净利润这个指标与国外的纯收益指标是一致的。

的频率分布没有显著的差异。他们的计算结果说明这两个指标的频率分布能较好地符合 Benford 法则。但是存在同样的问题,营业外收入和应交所得税能否有效地代表没有经过粉饰的盈余数据呢?我们不得而知。值得庆幸的是,我们找到了另外一个比较有说服力的控制指标——调整后净利润。关于净利润,我们可以获得调整前净利润和调整后净利润的有关数据。调整前净利润[2]是上市公司在比较统一的时间及时地公布近期的盈利情况的数据,所以对于投资者来说,调整前净利润可以及时有效地传达公司经营状况的信息从而对投资者投资行为造成影响,而上市公司只有在因会计政策变更及会计差错更正等追溯调整或需要重述以前年度会计数据时才会披露调整后净利润。我们注意到调整后净利润一般是在调整前净利润披露一年之后才公布的,调整后净利润提供的信息已经不能有效地提供对指导投资有用的适时信息,因此我们推断管理层对调整后净利润进行粉饰的动机不强烈。我们的实证结果表明我们的推断是基本成立的,这为我们之前对调整前净利润的分析提供了强有力的支持。我们发现,调整后净利润的分布与 Benford 法则提供的分布不存在显著的差异,并且能较好地符合,从而说明在缺乏粉饰动机的时候,盈余数据第二位数字的分布确实应该符合理论上预期的频率分布,这样我们对于被粉饰过的数据的分析才具有了可比性。我们认为,采用调整后净利润作为控制变量是相对以往研究的一种进步。

关于管理层主要是对哪个盈余指标进行粉饰,学术界并没有一个十分统一的标准,第一篇相关文献 Carslaw(1988)的研究对象是收益数据(income figure),随后的 Thomas(1989)的研究对象为年收益(annual earnings)和每股收益(earnings per share),而 Kinnunen and Koskela(2003)则主要研究了 18 个国家的公司纯收益(net income)。其他文献基本上都是采用以上提及的某个或多个指标进行研究。尽管以往研究绝大部分都把注意力集中在报表中的净利润指标上,但是我们认为投资者以及上市公司的管理层有可能同时对其他指标具有相当的关注程度,比如以往研究没有考察过的净利润同比增长比例这个指标。举个很简单的例子,中国石油在 2008 年 3 月 20 日公布的 2007 年年报业绩中显示,2007 年中国石油的净利润为 13 457 400.00 万元;同比减 −1.21%。而当天中石油股价的跌幅达到了 3.01%,并且在接下来的五天,几乎每天的跌幅都在 3% 以上。很显然,如果投资者只关注净利润这个指标,中国石油年报的披露对

---

[2] 我们通常所说的净利润是指上市公司第一次披露的调整前净利润。

他们来说应该是个好消息,中国石油在 2007 年实现了巨额的净利润,股价应该上涨才对,但是股价却持续下跌,一个合理的解释就是投资者不仅仅关注的是净利润,他们同时看到了中国石油的业绩在走下坡路,所以我们推断投资者同时对同比增长比例也可能存在认知上的门槛,那么相应地,上市公司的管理层也就可能对这个指标进行粉饰。尽管报表中没有直接披露这项指标,但是我们发现在报表披露时传达给广大投资者的各种媒体信息中都会披露这个指标。而净利润同比增长比例也很容易通过对报表中数据的计算获得。因此,我们对这个指标进行了考察。我们的实证研究表明,上市公司对同比增长比例也存在粉饰现象而且粉饰的程度还很广泛。另外,为了比较各个指标被粉饰的程度是否相同,我们对每股收益也进行了分析。我们发现,每股收益为正的时候也存在显著的粉饰现象,但是每股收益为负的时候却变得不显著了。所以我们的结果表明:当每股收益为正的时候,中国上市公司管理层存在粉饰动机;当每股收益为负的时候,粉饰盈余的动机就变弱了。

本文其余部分的结构安排如下:第二部分介绍相关理论和实证文献;第三部分是研究方法和数据描述;第四部分是实证结果和理论分析;最后一部分给出全文结论。

二、文献综述

盈余管理从 20 世纪 80 年代开始受到许多学者的关注,成为一个比较热门的研究领域。但是其严格的定义一直是学者们讨论的话题,通过以往的文献我们可以看到,学者们试图从各个角度对其进行界定,以下列举几个比较有代表性的观点。Schipper(1989)认为,盈余管理是企业管理人员为了获得某种私人利益,通过有目的地控制对外财务报告的过程所进行的披露管理。Healy and Wahlen(1999)则指出,盈余管理是管理层为了误导那些以公司的经济业绩为基础的利益关系人的决策或者为了使那些以会计报告数字为基础的契约的结果更加有利,而运用职业判断编制财务报告和规划交易以变更财务报告的行为。而 Scott(2003)认为,盈余管理是在 GAAP 允许的范围内,通过会计方法的选择使经营者自身效用或企业市场价值最大化的行为。

王亚平等(2005)通过假设报告盈余服从混合正态分布,运用参数估计的方法对阈值处的盈余管理频率和幅度进行推断,发现上市公司为避免报告亏损而进行盈余管理。吴联生等(2007)运用相同的方法,考察了现金流量的管理,发现现金流量的管理程度与盈余管理程度没有太大差异。验证盈余粉饰现象和估计盈余粉饰管理程度的方法有很多。吴联生、王亚平(2007)对盈余管理程度的估计方法及其相应的经验证据进行了综述:非预期应计利润模型能够估计出单个公司的盈余管理程度,但是需要依赖许多主观假设,如经营现金流量不存在人为的操纵等;盈余分布法的优点是不必特意估计充满"噪音"的操纵性应计利润,还能捕捉通过非应计项目进行的盈余管理,但是它假设真实盈余分布是平滑的。本文采用了另一种有效的检验方法——Benford 法则。这一方法的优点在于,它不用像前两种方法那样依赖各种假设,同时对于盈余管理的程度也可以进行具体的衡量。

　　以往的实证研究采用 Benford 法则进行检验,发现有些国家的公司确实存在对报表进行粉饰的盈余管理行为。这种现象首先是由 Carslaw(1988)通过对新西兰公司样本的分析发现的。他证实了上市公司报告的盈利从左边起第二位数字出现 0 的频率比预期的频率显著地高,而出现 9 的频率比预期的频率显著地低。随后,Thomas(1989)用美国公司的一个样本也得到了同样的现象。他同时对负的盈余数据进行了考察,发现了相反的现象,即从左边起第二位数字出现 0 的频率比预期的频率显著地低,而出现 9 的频率比预期的频率显著地高。他还发现对每股收益四舍五入的调整现象比针对净利润的调整现象更普遍。Al-Darayseh and Jahmani(1999)以安曼股票交易所 74 家上市公司 1990 年至 1994 年的年度财务数据为样本,发现第一位数字的分布与预期分布无显著差异,而第二位数字的分布显著不同于预期分布。Niskanen and Keloharju(2000)考察了处于受到税收驱动的金融会计准则下的芬兰公司报告的盈余数据。与预期不一致的是,他们发现,即使在以报告的盈余为税基的情况下,仍然存在对盈余的粉饰。他们的结果表明,即使盈余粉饰的成本比较高,管理者仍然有动机对盈余进行粉饰。Van Caneghem(2002)在英国的公司也发现了盈余粉饰的现象,并且指出管理层主要是利用主观应计部分来实现对报告盈利的粉饰。Kinnunen and Koskela(2003)进一步比较了世界上 18 个国家和地区中粉饰盈余管理的程度,结果表明这种盈余管理的动机是普遍存在的。他们还研究了一些与粉饰盈余管理程度相关的制度因素。粉饰盈余管理的程度因审计上的支出、更严格的会计准则而减弱,随着权力差距(power distance)的增加以及管理红利计划(management bonus scheme)的重要性增加而增加。但是他们并没有发现一些有关文献经常考察的变量与粉饰盈余管理程度有显著的相关性,比如对股东的保护程度、财务会计与税务会计的统一—(the alignment of financial and tax accounting)和盈余的信息含量(the value relevance of earnings)。他们还发现在纽约证券交易所上市的公司与在纳斯达克上市公司的粉饰盈余管理存在很大差异，他们将其归因于公司规模和审计质量。Skousen 等(2004)考察了日本公司的盈余分布，其研究表明，粉饰盈余的管理动机在日本也是存在的，并且对于第三位和第四位也存在不同程度的进位或是退位；他们同时发现，粉饰的动机同粉饰前的数字与投资者心理认知门槛的差距是负相关的。Guan 等(2006)的实证结果表明，公司在每个季度的报表中都有动机对盈余进行粉饰，但是对年报的粉饰程度明显小于其他三个季度，他们认为对年报的审计在约束公司进行盈余粉饰上起了重要的作用。Aono and Guan(2007)研究了 Sarbanes-Oxley 法案对盈余管理的影响，他们的结果表明粉饰盈余的行为在该法案实施以后显著地减少了。

我们可以看到诸多文献通过采用基本一致的研究方法对不同国家不同的经济背景进行研究分析，得到了很多有意义的结论。但是国内通过用 Benford 法则考察盈余数据的分布来研究我国上市公司管理层粉饰盈余的现象的文献并不多见。在我国，王忍、曹建新(2006)首次使用 Benford 法则对 2000 年至 2002 年上市公司净利润年度数据进行分析，发现存在显著的盈余粉饰现象，但逐年有明显改善。赵莹等(2007)考查了 ST 公司和非 ST 公司盈余管理的状况，发现样本公司对偶数具有独特的偏好。岳衡等(2007)研究了我国上市公司盈余管理现象及其动机，他们通过对 1996 年至 2005 年十年间我国上市公司净利润数据分布的考察，得到了我国也存在盈余管理现象的结论，他们认为人类"有限记忆"的行为特征是我国上市公司盈余管理的一个动机。在他们研究的基础上，本文想通过对多个盈余指标的更深入考察，发现更全面的上市公司管理层和投资者共同关注的盈余指标，并且希望可以通过比较得到对各个指标粉饰动机的程度对比。另外，正如岳衡等(2007)指出"尽管以前的研究验证了 Benford 法则的正确性，我们仍然不清楚这个法则对中国的特殊情况是否适用"，为了解决这个问题，本文也试图通过对多个盈余指标的分析找到一个比较有说服力的控制变量，以分析采用 Benford 法则的可信度。

诸多的文献以 Benford 法则为基准的标准方法，运用于不同的经济背景，得到了盈余管理现象存在的普遍性结论；运用于特定事件的分析，得到了相关法律法规的绩效分析；运用于更加具体的金融会计准则的细则的分析，得到了其对于规制盈余管理的意义；运用于拓展了的数字位数分布，得到了盈余管理动机的影响因素和联动关系，等等。由此我们可以看出，采用这一标准方法并结合实际的具体情况,这个领域还有很大的挖掘空间。正是怀着这样一种信心,我们在前人的研究基础上进行了进一步探索。

三、研究方法与数据描述

为了考察中国上市公司盈余粉饰的现象,我们需要检验观测到的盈余数据是否存在异常分布,那么我们首先需要明确在不存在粉饰的零假设下,每个数字在第二位出现的预期频率是多少。

可能和人们平时的直觉相反,在不存在人为粉饰时,数位上的各个数字出现的频率并不是均匀分布的。Benford(1938)指出,不管数据的来源如何,用 x 表示第一位数字,y 表示第二位数字,则第一位数字是 x 的预期频率可以近似地表示为:

$$P(x) = \log_{10}(x+1) - \log_{10}(x) \tag{1}$$

同理,第一位数字是 x 且第二位数字是 y 的预期频率可以近似地表示为:

$$\log_{10}\left(x + \frac{y+1}{10}\right) - \log_{10}\left(x + \frac{y}{10}\right) \tag{2}$$

对于任意的 y,把所有 x 可能取值的预期频率加起来就得到第二位数字是 y 的预期频率:

$$P(y) = \sum_{x=1}^{9} \left(\log_{10}\left(x + \frac{y+1}{10}\right) - \log_{10}\left(x + \frac{y}{10}\right)\right) \tag{3}$$

统计学家们并没有能很好地解释为什么 Benford 法则可以成立,但是实际中的数据却总能较好地符合它。当然,Benford 法则不能被看成是实际数据的精确描述,它只是对很多没有人为控制数据的一个近似。由于我们并不能获得粉饰前的盈余数据,所以我们权且认为 Benford 法则给我们提供了一个不错的参照物。

为了检验观测频率与预期频率的差异在统计上是否显著,我们采用 Fleiss(1981)给出的统计量:

$$Z = \frac{|p^j - p_0^j| - \frac{1}{2n}}{\sqrt{\frac{p_0^j(1 - p_0^j)}{n}}} \tag{4}$$

其中 p^j 和 p_0^j 分别是观测到第二位数字为 j 的观测频率和预期频率,n 为样本容量。Z 服从标准正态分布。另外,为了检验第二位数字整体上是否符合预期的

频率分布,我们使用了卡方检验:

$$\chi^2 = \sum_{j=0}^{9} \frac{(p^j - p_0^j)^2 \times n}{p_0^j} \qquad (5)$$

该卡方检验的自由度为 9。

最后,我们希望比较各个指标的粉饰程度。我们借鉴了 Kinnunen and Koskela (2003)用的方法,分别用三个变量来衡量粉饰盈余的程度:

$$CEM_1 = 指标为正时第二位数字为 0 的观测频率$$
$$- 第二位数字为 0 的预期频率 \qquad (6)$$

$$CEM_2 = 指标为正时第二位数字为 0 的观测频率$$
$$- 第二位数字为 0 的预期频率$$
$$+ 第二位数字为 9 的预期频率$$
$$- 指标为正时第二位数字为 9 的观测频率 \qquad (7)$$

$$CEM_3 = 指标为正时第二位数字为 0 的观测频率$$
$$- 第二位数字为 0 的预期频率$$
$$+ 第二位数字为 9 的预期频率$$
$$- 指标为正时第二位数字为 9 的观测频率$$
$$+ 指标为负时第二位数字为 9 的观测频率$$
$$- 第二位数字为 9 的预期频率$$
$$+ 第二位数字为 0 的预期频率$$
$$- 指标为负时第二位数字为 0 的观测频率 \qquad (8)$$

其中,CEM_1 只考虑了指标为正时第二位数字为 0 的偏离程度,CEM_2 同时考虑了指标为正时第二位数字为 0 时向上偏离的程度和第二位数字为 9 时向下偏离的程度,CEM_3 则进一步考虑了指标为负的情况。这三个变量越大说明对应指标的粉饰程度越严重。

本文使用的数据来自于国泰君安数据库,样本包括从 1990 年 12 月 31 日至 2007 年 9 月 30 日期间中国所有的上市公司的年报[3]的数据。我们剔除了那些只包含一个数字的观测值。研究的指标包括上市公司公布的调整前净利润、调整后净利润、净利润同比增长比例、调整前每股收益。净利润同比增长比例是用本年调整前净利润与上一年调整前净利润的差值除以上一年调整前净利润的绝对值计算而得。

---

〔3〕　我们同时考察了半年报和季报的数据,发现结论基本一致。

四、实证结果和理论分析

从直观上来说,当盈余为正时,管理者试图使盈余绝对值看起来大,而盈余为负时,管理者试图使盈余绝对值看起来小,所以我们有必要把盈余数据分成正负两种情况分别考察。以下是对各个指标的实证结果及分析比较。下面我们对各个指标逐一进行分析,并且对各个指标的计算结果进行比较,最后,基于实证结果,我们给出了相应的经济后果分析。

(一) 调整前净利润

表 1 为关于调整前净利润的计算结果。我们可以看到,在调整前净利润为正的这一组,第二位为 0 的观测频率为 13.97%,比预期频率 11.97% 高了 2.00%,并且 Z 检验也表明在 1% 的显著水平下第二位为 0 的调整前净利润出现的频率显著高于预期情况;而第二位为 9 的观测频率为 7.78%,比预期频率 8.50% 低了 0.72%,并且 Z 检验也表明在 1% 的显著水平下第二位为 9 的调整前净利润出现的频率显著低于预期情况。说明当调整前净利润为正时,管理者倾向于向上进位,而调整前净利润为负时,情况正好相反。第二位为 0 的观测频率为 9.24%,比预期频率 11.97% 少了 2.73%,并且 Z 检验也表明在 1% 的显著水平下第二位为 0 的调整前净利润出现的频率显著低于预期情况;而第二位为 9 的观测频率为 9.86%,比预期频率 8.50% 高了 1.36%,并且 Z 检验也表明在 10% 的显著水平下第二位为 9 的调整前净利润出现的频率显著高于预期情况;另外,第二位为 8 的观测频率为 12.28%,比预期频率 8.76% 高了 3.52%,并且 Z 检验也表明在 1% 的显著水平下第二位为 8 的调整前净利润出现的频率显著高于预期情况。这里我们注意到,和预期有一点小差别,第二位数字为 8 比第二位数字为 9 的频率更显著地高于预期频率,说明相对于 9 而言,管理层在实施盈余操纵的时候可能更偏好退位至第二位为 8。我们认为可能的原因是在投资市场上,许多投资者具有一定的知识水平和经验,他们可能知道管理层在一定程度上会对盈余数据进行粉饰,从而使得管理层在报告第二位为 9 的调整前净利润时可能会担心投资者在看到这样的数据以后会怀疑是否存在粉饰,削弱了数据的可信度,而在可操作的范围内报告第二位为 8 的调整前利润可以使得他们的数据更加可信。另外,用于检验第二位数字是否偏离预期的频率

表 1　调整前净利润第二位数字分布的频率

数字	0	1	2	3	4	5	6	7	8	9
预期频率(%)	11.97	11.39	10.88	10.43	10.03	9.67	9.34	9.04	8.76	8.50
调整前净利润为正(共 11 408 个观测值)							卡方统计量 = 53.21**			
观测值	1 594	1 309	1 215	1 198	1 107	1 104	990	1 005	999	887
观测频率(%)	13.97	11.47	10.65	10.50	9.70	9.68	8.68	8.81	8.76	7.78
Diff(%)	2.00	0.09	-0.23	0.07	-0.33	0.01	-0.66	-0.23	0.00	-0.72
Z	6.58**	0.27	0.78	0.22	1.15	0.02	2.40*	0.82	0.02	2.76**
调整前净利润为负(共 1 450 个观测值)							卡方统计量 = 36.78**			
观测值	134	166	141	135	143	135	138	137	178	143
观测频率(%)	9.24	11.45	9.72	9.31	9.86	9.31	9.52	9.45	12.28	9.86
Diff(%)	-2.73	0.06	-1.16	-1.12	-0.17	-0.36	0.18	0.41	3.52	1.36
Z	3.16**	0.03	1.37	1.36	0.17	0.42	0.19	0.50	4.69**	1.81

注：**表示在1%的显著水平下显著，*表示在5%的显著水平下显著。

分布的卡方检验,在调整前净利润为正和调整前净利润为负时分别是 53.21 和 36.78,都在 1% 的水平下显著,进一步说明了在中国上市公司中存在管理层对调整前净利润进行粉饰的现象。值得注意的是,当调整前净利润为正时,第二位数字分别为 6、7、8、9 的观测频率在统计上都不高于预期频率,说明中国上市公司管理层盈余管理的现象比较普遍,第二位数字为 6 时就开始存在向上进位的现象,而不仅仅局限于第二位为 9 的时候。而当调整前净利润为负时,第二位数字为 0、2、3、4、5 的数据都存在向下退位的现象。总体而言,我国上市公司盈余粉饰的现象还是比较普遍的,不仅仅局限于第二位数字为 0 或 9 之间的进位与退位。

(二) 调整后净利润

调整后净利润是各个公司根据不同的情况对以前年度的净利润数据进行调整得到的,一般在会计政策变更和会计差错更正等追溯调整或需要重述以前年度会计数据时会披露。调整前净利润和调整后净利润可以相等,也可以存在较大的差别。例如:中国会计网上一则关于上市公司由于发生会计差错而进行报表调整的报道中提到 *ST 酒鬼的一则临时公告。该公告披露了该公司因重大会计差错调整导致 2004 年中期及第三季度业绩下滑。公司公告称,此前曾将 2004 年中期的坏账准备 3 351 万元直接冲减当期的管理费用,但公司于 2004 年 11 月底请示财政部,后者答复此事属于债务重组,转回的坏账准备应计入当期资本公积。公司 2004 年上半年调整前净利润为 2 709.82 万元,经过此番会计差错调整后,调整后净利润为 -641.79 万元,2004 年前三季度净利润也由调整前的 3 116.47 万元变为调整后的 −235.14 万元。[4] 在我们的年报数据中有 10 469 个样本同时披露了调整前和调整后净利润,其中 10 333 个样本的调整前后净利润发生了变化。在我们分析调整后净利润第二位数字的分布之前,我们给出调整前净利润与调整后净利润差值的描述性统计,见表2。

表2 调整前与调整后净利润差值的描述性统计 （单位:元）

	样本个数	最小值	最大值	平均值	标准差
调整前净利润 − 调整后净利润	10 333	−3.7E+09	4.6E+09	5.1E+06	1.1E+08
调整前净利润 − 调整后净利润 >0	7 302	0.01	4.6E+09	1.9E+07	8.6E+07
调整前净利润 − 调整后净利润 <0	3 031	−3.7E+09	−0.01	−2.9E+07	1.5E+08

由于投资者往往更关注当期业绩,而对以往已披露信息的调整,一般投资者未必有足够的关注,管理者也就可能没有很强烈的动机对调整后净利润进行粉饰,所以我们猜想调整后净利润可能不存在显著的被粉饰现象。表3为关于调整后净利润这个指标的计算结果。和我们预期的基本一致,除了调整后净利润为负时第二位数字为8的观测频率比预期频率高了1.45%且在5%的显著水平下显著外,其余的观测频率和预期频率都比较接近而且与预期频率的差别也不显著。另外,用于检验第二位数字是否偏离预期频率分布的卡方检验,在调整后净利润为正和调整后净利润为负时分别是8.82和9.02,都不显著。这些结果都表明,中国上市公司管理层很可能并不存在对调整后净利润进行粉饰的动机,或者是相关的会计准则或法律法规限制了他们的粉饰行为,使得他们不能成功地对调整后净利润进行粉饰。由于对调整前净利润和调整后净利润使用的会计准则是具有连续性的,再结合我们之前对调整前净利润进行考察得到的存在粉饰现象的结果,我们认为,将其解释为中国上市公司管理层不存在粉饰调整后净利润的动机更加合理。考察实际情况,上市公司只有在因会计政策变更及会计差错更正等追溯调整或需要重述以前年度会计数据时,才需要同时披露调整前后的数据。所以可以看出,调整后的净利润已经不能有效及时地给投资者提供公司运营的情况,对投资者投资行为的影响不大,相对于调整后净利润,投资者应该更加关注调整前净利润,那么对应地,管理层粉饰调整后净利润的动机也就减少了。我们关于调整后净利润的实证结果也从另一个侧面很好地说明了采用 Benford 法则计算出来的预期分布与实际观测到的真实数据是比较吻合的,从而在一定程度上说明我们的参照物比较合理,具有可比性。

---

〔4〕 详见中国会计网 http://www.china-audit.com/cwkj/2007-10-23/1193038475418251.htm。

表 3　调整后净利润第二位数字分布的频率

数字	0	1	2	3	4	5	6	7	8	9
预期频率(%)	11.97	11.39	10.88	10.43	10.03	9.67	9.34	9.04	8.76	8.50
调整后净利润为正(共 8 392 个观测值)								卡方统计量 =8.82		
观测值	1 029	949	939	860	830	781	772	803	757	672
观测频率(%)	12.26	11.31	11.19	10.25	9.89	9.31	9.20	9.57	9.02	8.01
Diff(%)	0.29	−0.08	0.31	−0.19	−0.14	−0.36	−0.14	0.53	0.26	−0.49
Z	0.81	0.22	0.89	0.54	0.41	1.10	0.42	1.69	0.83	1.60
调整后净利润为负(共 2 077 个观测值)								卡方统计量 =9.02		
观测值	258	212	222	213	200	196	198	195	212	171
观测频率(%)	12.42	10.21	10.69	10.26	9.63	9.44	9.53	9.39	10.21	8.23
Diff(%)	0.45	−1.18	−0.19	−0.18	−0.40	−0.23	0.20	0.35	1.45	−0.27
Z	0.60	1.66	0.25	0.23	0.57	0.32	0.27	0.52	2.30*	0.40

注:**表示在1%的显著水平下显著,*表示在5%的显著水平下显著。

(三) 净利润同比增长比例

我们考虑到即使净利润为正,但同比增长比例为负,这种情况对投资者来说也未必是好消息,从而净利润同比增长比例也可能成为投资者关注的指标,上市公司的管理层也就可能针对这个指标进行粉饰,所以我们也对净利润同比增长比例进行了分析。表4为我们关于净利润同比增长比例的计算结果。

表 4　净利润同比增长比例第二位数字分布的频率

数字	0	1	2	3	4	5	6	7	8	9
预期频率(%)	11.97	11.39	10.88	10.43	10.03	9.67	9.34	9.04	8.76	8.50
净利润同比增长比例为正(共 6 310 个观测值)								卡方统计量 =166.98**		
观测值	1 067	778	674	628	580	559	519	528	498	479
观测频率(%)	16.91	12.33	10.68	9.95	9.19	8.86	8.23	8.37	7.89	7.59
Diff(%)	4.94	0.94	−0.20	−0.48	−0.84	−0.81	−1.11	−0.67	−0.86	−0.91
Z	12.07**	2.33*	0.49	1.23	2.20*	2.15*	3.02**	1.83	2.41*	2.57*
净利润同比增长比例为负(共 5 050 个观测值)								卡方统计量 =43.63**		
观测值	519	536	517	479	522	525	536	453	503	460
观测频率(%)	10.28	10.61	10.24	9.49	10.34	10.40	10.61	8.97	9.96	9.11
Diff(%)	−1.69	−0.78	−0.64	−0.95	0.31	0.73	1.28	−0.06	1.20	0.61
Z	3.68**	1.71	1.45	2.18*	0.70	1.73	3.09**	0.14	3.00**	1.53

注:**表示在1%的显著水平下显著,*表示在5%的显著水平下显著。

从表4可以看出管理层对净利润同比增长比例同样存在粉饰的动机。当净利润同比增长比例为正时,第二位数字为0的观测频率比预期频率高了4.94%,并且这个差异在1%的显著水平下显著。而当净利润同比增长比例为负时,第二位数字为0的观测频率为10.28%,比预期频率低了1.69%,Z检验在1%的显著水平下显著;第二位数字为9的观测频率为9.11%,比预期频率高

0.61%，且在10%水平下显著；另外，第二位数字为8的观测频率比预期频率高了1.20%，这个差异在1%的显著水平下是显著的。这里又一次出现了第二位数字为8比第二位数字为9的观测频率更加显著地异于预期频率的现象，我们认为这可能是因为管理层过分担心投资者怀疑数据的真实性，并且管理层对净利润同比增长比例这个指标进行粉饰还比较容易实现，因此他们更乐意在情况允许时把该指标退位至第二位为8的数据。这个现象出现于我国上市公司的多个盈余指标的分布中，而在以往研究国外盈余粉饰现象的文献中并没有出现，所以我们猜想退位至8的现象可能同时与中国式的文化情结有关。直观上来讲，投资者和上市公司管理层可能对于这个相对业绩指标具有相当大的关注程度。另外，当净利润同比增长比例为正时，第二位数字从2到9的观测频率都低于预期频率，其中大部分显著低于预期频率，这说明正的净利润同比增长比例甚至从第二位数字为2时就开始存在向上进位的现象。当净利润同比增长比例为负时，第二位数字分别为0、1、2、3的观测频率都较显著地低于预期频率，说明负的净利润从第二位为3时开始存在比较显著的向下退位的现象。最后，卡方统计检验也都显示第二位数字的观测分布与预期分布在1%的显著水平下存在显著差异。这些结果表明管理层对净利润同比增长比例的粉饰相当普遍。

（四）每股收益

最后，我们考察了每股收益，表5为相关计算结果。运用同样的分析过程我们可以得到以下结论：当每股收益为正时，中国上市公司管理层的粉饰盈余行为比较广泛，第二位数字为0的观测频率比预期频率高了4.11%，并且这个差异在1%的显著水平下是显著的，而第二位数字为4、5、6、7、8、9的观测频率都比预期频率低，并且Z检验显示第二位数字为8和9的观测频率在5%的显著水平下显著低于预期频率。卡方检验同时表明，每股收益为正时，第二位数字的观测分布与预期分布在1%的水平下存在显著差异，说明当每股收益为正时，中国上市公司管理层的粉饰盈余现象比较广泛。但是当每股收益为负时，粉饰行为却仿佛消失了，第二位数字的观测频率与预期频率都比较接近，而且整体分布与预期分布的差异也不显著。这一点和Thomas(1989)的实证结果是一致的。但是Thomas(1989)并没有给出产生这一结果的原因。我们猜测每股收益为负时第二位数字不存在显著异常分布的原因可能有：第一，当每股收益为负时，处于(-0.50,0)这个区间的观测值占样本容量的58%，也就是说，有相当一部分公司是很有潜力扭亏为盈的,投资者不容易对这样一部分上市公司失去信心,相反,可能有一部分投资者愿意承担一定的风险,等待上市公司扭亏为盈从而获得高于市场平均水平的收益,这样就使得上市公司管理层对负的每股收益进行粉饰的动机减少了。第二,每股收益 = 净利润/年度末普通股股份总数,所以每股收益与净利润是密切相关的,上市公司管理层对这两个指标独立调整进行粉饰的能力可能会因此削弱。如果上市公司管理层主要致力于粉饰净利润,则每股收益可能会由于上市公司管理层对净利润的粉饰行为产生连带的对预期分布的偏离,偏离的程度是否显著则要依情况而定了。

表 5　每股收益第二位数字分布的频率

数字	0	1	2	3	4	5	6	7	8	9
预期频率(%)	11.97	11.39	10.88	10.43	10.03	9.67	9.34	9.04	8.76	8.50
每股收益为正(共 3 234 个观测值)								卡方统计量 =62.53**		
观测值	520	389	340	345	298	302	278	279	244	239
观测频率(%)	16.08	12.03	10.51	10.67	9.21	9.34	8.60	8.63	7.54	7.39
Diff(%)	4.11	0.64	-0.37	0.23	-0.82	-0.33	-0.74	-0.41	-1.21	-1.11
Z	7.18**	1.12	0.65	0.41	1.52	0.60	1.42	0.78	2.41*	2.23*
每股收益为负(共 606 个观测值)								卡方统计量 =9.09		
观测值	76	85	71	56	52	57	59	43	55	52
观测频率(%)	12.54	14.03	11.72	9.24	8.58	9.41	9.74	7.10	9.08	8.58
Diff(%)	0.57	2.64	0.83	-1.19	-1.45	-0.26	0.40	-1.94	0.32	0.08
Z	0.37	1.98*	0.59	0.89	1.52	0.15	0.27	1.59	0.21	0.00

注:**表示在1%的显著水平下显著,*表示在5%的显著水平下显著。

(五) 各指标粉饰程度对比

从表 6 我们可以看出,净利润同比增长比例被粉饰的程度最大。而在三个存在显著粉饰的盈余指标中,调整前净利润被粉饰的程度是最低的。但是,之前的计算结果显示,负的每股收益并不存在显著的被粉饰现象,尽管如此,每股收益的被粉饰程度还是大于调整前净利润。

表 6　测量各指标粉饰程度的三个变量的计算结果

盈余指标	CEM_1	排名	CEM_2	排名	CEM_3	排名	平均排名
调整前净利润	2.00%	(3)	2.72%	(3)	6.81%	(2)	(2.7)
调整后净利润	0.29%	(4)	0.78%	(4)	0.06%	(4)	(4)
净利润同比增长比例	4.94%	(1)	5.85%	(1)	8.15%	(1)	(1)
每股收益	4.11%	(2)	5.22%	(2)	5.71%	(3)	(2.3)

另一方面,我们可以考察一下存在显著的被粉饰现象的三个盈余指标中,

进位退位现象的广泛程度。当各盈余指标为正时,调整前净利润第二位数字为
2、4、6、7、9 时存在向上进位的现象,其中第二位数字为 6 时的进位现象在 5%
水平下显著,为 9 时的进位现象在 1% 水平下显著;每股收益第二位数字为 2、4、
5、6、7、8、9 时存在向上进位的现象,其中第二位数字为 8 和 9 时的进位现象在
5% 水平下显著;净利润同比增长比例从第二位数字为 2 时就开始存在向上进
位的现象,从第二位数字为 4 时就开始存在比较显著的向上进位现象。当各盈
余指标为负时,粗略的比较可以发现,净利润同比增长比例向下退位的现象也
是其中相对最普遍的。

综合考虑以后,我们可以发现:净利润同比增长比例被粉饰的程度最大,管
理层对该指标进行调整和粉饰的范围也是最广泛的;而从被粉饰的程度上来
看,调整前净利润并没有像我们预期的那样,成为投资者和上市公司管理层最
关注的指标。

(六) 盈余粉饰的经济后果分析

从以上的实证结果我们可以看到,我国盈余粉饰的现象还是比较普遍的,
虽然粉饰盈余数据并不一定会导致企业现金流量的变化,但是我国的资本市场
有效程度相对较低,盈余粉饰在未被识别的情况下很可能会导致投资者作出错
误的决策,最终影响资源的有效配置。盈余数据本来是作为一个向投资者传达
公司经营状况的可靠信号,但是当管理层利用这个信号来避免亏损、迎合分析
师的预期或者配合监管制度的时候,这个信号很有可能成为导致投资者、股东
和债权人利益受损的原因。而不真实的盈余数据同时也不利于作为会计准则
和监管规范制定者的政府作出适当的决策。因此,我国有必要通过完善公司治
理结构、会计准则和信息披露制度,同时实施如加强会计报表审计的监督、建立
综合的上市公司盈余粉饰指标考评体系等措施,来达到制约我国上市公司管理
层实施盈余粉饰的目的。

五、结　　论

通过对 1990—2007 年这 17 年里中国上市公司年报中各个指标的分析,我
们发现,中国上市公司在报告调整前净利润、净利润同比增长比例和正的每股
收益时的粉饰盈余管理行为比较普遍。通过对调整后净利润的分析,我们进一
步确认了中国上市公司较真实的盈余数据的分布能较好地符合以往研究用作

参照物的分布。通过比较，我们发现，中国上市公司管理层似乎更加关注净利润同比增长比例和正的每股收益，使得它们的分布偏离预期分布的程度大于调整前净利润。并且中国上市公司管理层的粉饰行为不仅仅局限于第二位数字为9的进位和第二位数字为0的退位，有时候甚至可以扩散到第二位数字为6的进位和第二位数字为3的退位，这种现象表明中国在监督和管制上市公司盈余操纵行为方面的监管体系还不够完善，使得管理层易于实现对盈余数据的粉饰。另外，我们还发现了一个具有中国特色的现象，当盈余指标为负时，我国上市公司管理层更乐意把报告的数据退位至8。

　　如果我们可以认为上市公司管理层有较强的能力对各个指标进行独立的粉饰，那么通过比较，我们的结果显示，无论从偏离频率的大小还是从粉饰现象的广泛程度上来看，净利润同比增长比例这个指标可能都是上市公司管理层最为关注的一个指标。但是由于实际中，各个指标都是相互关联的，管理层对每个指标进行独立粉饰的能力还有待进一步研究考证。

参 考 文 献

［1］　王忍、曹建新，2006，我国上市公司净利润的数位分布情况实证研究——班福法则的运用，《华南理工大学学报（社会科学版）》，第5期，第51—53页。

［2］　王亚平、吴联生、白云霞，2005，中国上市公司盈余管理的频率与幅度，《经济研究》，第12期，第102—112页。

［3］　王毓彬，2004，我国上市公司盈余管理实证研究综述，《现代管理科学》，第8期，第79—80页。

［4］　吴联生、薄仙慧、王亚平，2007，现金流量在多大程度上被管理了——来自我国上市公司的证据，《金融研究》，第3期，第162—174页。

［5］　吴联生、王亚平，2007，盈余管理程度的估计模型与经验证据：一个综述，《经济研究》，第8期，第143—152页。

［6］　岳衡、陈溪、赵龙凯，2007，有限记忆与盈余数据的异常分布，《金融研究》，第11期，第20—27页。

［7］　赵莹、韩立岩、李惠敏，2007，中国上市公司利润操纵的行为特制：基于Benford律的研究，《审计研究》，第6期，第89—95页。

［8］　赵子夜，2003，盈余管理：基于经济后果的考察及其治理，《审计与经济研究》，第6期，第35—38页。

［9］　Al-Darayseh, M., and Y., Jahmani, 1999, Irregularities in annual accounting numbers: An empirical a-nalysis—the case of Jordan, *Management Research News* 22(1), 19—23.

[10] Aono, J. Y. , and L. , Guan, 2007, The impact of Sarbanes-Oxley Act on cosmetic earnings management, *Research in Accounting Regulations* 20, 205—217.

[11] Benford, F. , 1938, The law of anomalous numbers, *Proceedings of the American Philosophical Society* 78, 551—572.

[12] Brenner, G. A. , and R. Brenner, 1982, Memory and markets, or why are you paying $2.99 for a widget, *The Journal of Business* 55, 147—158.

[13] Carslaw, C. A. P. N. , 1988, Anomalies in income numbers: Evidence of global oriented behavior, *The Accounting Review* 63(2), 321—327.

[14] Fleiss, J. L. , 1981, *Statistical Methods for Rate and Proportions*, Third Edition, Wiley.

[15] Healy, P. M. , and J. M. Wahlen, 1999, A review of the earnings management literature and its implication for standard setting, *Accounting Horizons* 13, 365—383.

[16] Kinnunen, J. , and M. Koskela, 2003, Who is miss world in cosmetic earnings management? A cross-national comparison of small upward rounding of net income numbers among eighteen countries, *Journal of International Accounting Research* 2, 39—68.

[17] Guan, L. , D. He, and D. Yang, 2006, Auditing, integral approach to quarterly reporting, and cosmetic earnings management, *Managerial Auditing Journal* 21(6), 569—581.

[18] Nigrini, M. J. , and L. J. Mittermaier, 1997, Mittermaier, The use of Benford's Law as an aid in analytical procedures, *Auditing* 16(2), 52—67.

[19] Niskanen J. , and M. Keloharju, 2000, Earning cosmetics in a tax-driven accounting environment: Evidence from Finnish public firms, *European Accounting Review* 9, 443—452.

[20] Schipper, K. , 1989, Commentary on earnings management, *Accounting Horizons* 3(4), 91—102.

[21] Scott, W. R. , 2003, *Financial Accounting Theory*, 3rd edition, Pearson Education, Chapter 11.

[22] Skousen, C. J. , L. Guan, and T. S. Wetzel, 2004, Anomalies and unusual patterns in reported earnings: Japanese managers round earnings, *Journal of International Financial Management and Accounting* 15, 212—234.

[23] Thomas, J. K. , 1989, Unusual patterns in reported earnings, *The Accounting Review* 64, 773—787.

[24] Van Caneghem, T. , 2002, Earnings management induced by cognitive reference points, *British Accounting Review* 34, 167—178.

A Study on Cosmetic Earnings Management: Evidence from China

Yifang Guo

(*School of International Trade and Economics,*
University of International Business and Economics)

Weixing Wu

(*School of Banking and Finance,*
University of International Business and Economics)

Abstract　After comparing observed and expected (i. e. estimated using Benford's Law) frequencies for the second-from-left-most digit in reported earning figures of listed firms during 1990 to 2007 in China, we find the phenomena of cosmetic earnings management exist in reporting the net profits, growth rate of net profit compared to the same period last year and positive earnings per share, among which manipulating growth rate of net profit compared to the same period last year is the most prevailing. Interestingly, managers prefer to round the second digit of negative earning numbers to 8 rather than 9 in China. Note that the rounding up behavior starts when the second-from-left-most digit is 6, more prevalent than the situation in other countries shown by previous literature. So China should set up a more sound system to impose constraints on the cosmetic earnings management. Moreover, adjusted net profit, as a control variable, follows the expected distribution quite well, which confirms the validity to use Benford's Law.

　Key Words　Cosmetic Earnings Management, Benford's Law, Unusual Pattern

　JEL Classification　G30, G38, M41

金融学季刊
2008 年 第 4 卷 第 2 期

Quarterly Journal of Finance
Vol. 4, No. 2, 2008

风险投资企业控制权和
现金流权配置的研究

王声凑　曾　勇[*]

摘　要　本文从不完全合约的理论框架出发,讨论了风险企业控制权与现金流权配置的问题。首先分析了风险企业以发行普通股或债券的方式进行融资时,控制权的单边配置不能使企业的决策达到最优;其次利用可转换债券与清算权的结合解决了风险投资家和企业家在决策上的利益冲突,并且得到了能使企业的决策达到最优的所有可转换债券,从而求出企业家选择最优努力的充要条件,对所得的充要条件进行比较,进一步得到了近似最佳的可转换债券。

关键词　不完全合约,控制权,可转换债券,现金流权,优先清算权

一、引　　言

风险投资(venture capital),也称创业投资。根据全美风险投资协会的定义,风险投资是由职业金融家投入到新兴的、迅速发展的、有巨大竞争潜力的企业(特别是中小型企业)中的一种权益资本。风险投资的存在与发展为美国乃至全球新经济的出现和繁荣作出了巨大贡献。近几年,中国的风险投资发展也很迅速,2007 年度共有 109 家风险投资公司扩资或募集新的基金,筹资金额达 893.38 亿元人民币,是 2006 年度新筹集资金额的 4 倍以上。在投资方面,2007

---

　*　王声凑,曾勇,电子科技大学经济与管理学院。通讯作者及地址:王声凑,四川省成都市电子科技大学经济与管理学院信产楼 312,610054;E-mail: shengcou@ tom. com。本研究得到国家自然科学基金资助项目(70540022)、教育部"新世纪优秀人才支持计划"项目(教技函[2005]35 号)、高校博士点基金(教技发中心函[2008]220 号)资助。

年投资总额达到 398.04 亿元，是 2006 年投资金额的 2.5 倍以上。[1] 在风险投资的过程中，风险投资家与企业家之间的合约是确保风险投资顺利进行的关键。风险投资的高度不确定性和信息不对称性，使得风险投资家和企业家不可能建立一份完全的合约。以 GHM（Grossman，Hart，Moore）为代表的不完全合约理论为风险投资合约的理论研究提供了新的思路。

　　Sahlman(1990) 首先对风险投资合约的条款进行了实证考察，描述了风险投资的基本交易结构及其经济理论基础，其对风险投资合约关键性特征的总结对后续的实证研究产生了重要影响。Gompers and Lerner(1999) 总结了他们自 1994 年到 1997 年对该产业大规模的实证分析成果，刻画了风险投资基金的筹资、投资以及资本退出的周期性过程。而 Kaplan and Strömberg(2003，2004) 则以现有金融合约理论为基础，依据收集的合约样本，直接检验了合约的正式条款和阶段融资等综合治理工具，指出风险企业的主要融资工具为可转换证券，包括可转换优先股和可转换债券，并且风险企业的控制权安排通常是一种或有控制(contingent control) 的安排。国内外学者从不同角度解释可转换证券在风险投资领域被广泛使用的原因。例如，它可以解决创业者与风险投资者之间的双边道德风险问题(Marx,1998；Schmidt,2003)；在阶段投资时，可以抑制企业家的窗饰效应(Cornelli and Yosha,2003)；可以解决双方在退出方式上的利益冲突(姚佐文等,2003；李姚矿等,2004；Hellmann,2006)；王春峰和李吉栋(2003) 指出，可转换证券还具有甄别企业家类型的功能，从而减轻风险资本市场中的逆向选择问题。然而，由于信息的不对称性及合约的不完全性，控制权的合理安排在风险投资合约中显得至关重要。以 Aghion and Bolton (1992)、Berglöf (1994)、Hart and Moore (1998) 为代表的学者，研究了在不完全合约融资中控制权的安排问题，他们建立了含有私人利益的不完全合约模型以说明最优的或有控制权配置。Hellmann(1998) 也对风险企业控制权的问题进行了研究，即企业家为什么以及在什么情况下会聘用新的经理人而放弃对企业的管理。Bascha and Walz(2001) 讨论了或有控制如何使风险企业在 IPO 决策时达到最优。

　　Aghion and Bolton (1992) 模型考虑了由于企业业绩等自然状态的不可证实性[2]，在合约中不能对自然状态实现之后的企业决策进行有效的安排，而只

---

　　〔1〕　可参考中国风险投资研究院于 2008 年 1 月在深圳发布的《2007 年中国风险投资行业调研报告》。

　　〔2〕　类似于 Hart and Moore (1986)，自然状态在事前不能被描述或在事后不能被证实导致了合约是不完全的。

能对企业的控制权进行配置,其分别分析了企业家控制、投资者控制、或有控制时,风险企业决策的有效性问题。在风险企业的早期发展中,企业家独特的人力资本对风险企业的发展至关重要。本模型在 Aghion and Bolton (1992) 模型框架的基础上进行了扩展,不仅考虑了自然状态实现之后企业决策的问题,而且还考虑了在自然状态实现之前企业家的努力因素。在本模型中,风险企业在自然状态实现之后需要进行决策,即清算项目或者项目的继续运营。由于不同决策影响着企业家的私人利益,双方在决策权上存在着利益冲突。该如何安排风险投资家的现金流权和企业的控制权以使企业决策达到最优?[3] 企业家在何种条件下会采取最优努力水平? 这两个问题即为本文所需解决的问题。为了使自然状态之后风险企业的决策达到最优,本文考虑了风险企业以发行可转换债券的方式进行融资并且在初始合约中把控制权授予企业家的情况,其中可转换债券的转换期限为自然状态实现之后至企业决策之前的某一时刻,若风险投资家不行使可转换债券的转换权,即风险投资家拥有债券时,合约给予风险投资家优先清算权。[4] 本文证明了此种现金流权和控制权的配置能使决策达到最优。文中对优先清算权的配置方式类似于 Gebhardt and Schmidt(2006)中将控制权依据可转换证券是否被转换而进行的条件配置。Gebhardt and Schmidt (2006)考虑了风险企业在发展到一定阶段之后,由于企业家管理能力上的缺陷,风险企业需要替换企业家,其设计了可转换证券并对替换权依据风险投资家是否行使可转换证券的转换权而进行条件配置。当风险投资家行使转换权,即风险投资家拥有股权时,替换权授予了企业家;当风险投资家不行使转换权,即风险投资家拥有债权时,替换权授予了风险投资家。然而本文在事前签订合约时已经把控制权授予企业家,在状态实现之后,若风险投资家不行使转换权,合约规定授予风险投资家优先清算权。

风险投资家与传统的投资者不同,风险投资家不仅可以为风险企业提供资金,而且还经常参与风险企业的日常管理,监督企业家的行为(Gompers and Lerner, 1999;Sahlman, 1990)。本文假设企业家的努力能被经常参与风险企业管理的风险投资家所观测,但不能被第三方(如法庭)所证实。当风险投资家选择清算项目与企业继续运营所得到的收益相同时,本文假设风险投资家更偏好于

---

〔3〕 即选择企业的决策使项目的货币收益与企业家的私人利益之和达到最大。
〔4〕 优先清算权是相对于企业家的控制权而言的,即此时风险投资家具有清算项目并且优先于企业家而获得收益的权利。

清算项目。[5]

　　本文第二节是模型的建立,包括模型的框架和假设。第三节是模型的分析,本文首先分析了当风险企业以发行普通股或债券的方式进行融资时,控制权单边授予企业家或风险投资家均不能使风险企业的决策达到最优;其次证明了风险企业以发行可转换债券的方式进行融资并且对控制权进行合理配置时,风险企业的决策能达到最优,进一步地,求出了能使决策达到最优的所有可转换债券;根据所得的可转换债券,最后求出了企业家选择最优努力的充分必要条件,进而得到了近似最佳的可转换债券。第四节对控制权配置及融资的可行性进行了分析。第五节是本文的结论。结论表明:在业绩表现差时,风险投资家通常不行使可转换债券的转换权,即此时拥有债券的风险投资家也拥有了优先清算权,风险投资家将对风险企业进行清算;当业绩表现好时,风险投资家通常把可转换债券转换成普通股,享受项目的收益所带来的利润,此时拥有控制权的企业家能采取最优的决策。如果业绩好的概率足够大并且企业家从高努力中得到的私人利益足够多,或企业家选择高努力与选择低努力的成本差距足够小,企业家均会采取最优的努力。

二、模　　型

　　本文假设企业家(entrepreneur,E)拥有一个市场前景良好的新项目,由于企业家没有资金,需要向风险投资家(venture capital,VC)融资,融资资金为 I ,并假定“风险投资市场上出现众多投资基金追逐某个好项目(或者行业)的情况”[6],即此时市场上有很多风险投资家,但有好项目的企业家相对较少,使企业家具有很强的讨价还价能力,在此种情况下,企业家提供了一个“要么接受要么放弃”(take it or leave it)的合约给风险投资家,即风险投资家的期望利润为外部保留效用,不失一般性,不妨设其保留效用为 0 ,并且假设双方为风险中性。[7]

----

　　[5]　这与委托代理理论中满足激励相容约束等号时可以激励代理人稍有差异。

　　[6]　Gompers & Lerner(1999)的研究表明,受调低资本利得税和允许退休保险金进入风险投资市场等利好政策的影响,1981 年到 1996 年美国风险投资基金飞速增长,风险投资基金的剧增使得众多投资基金争相追逐有市场前景的项目。

　　[7]　类似于 Aghion & Bolton (1992)、Gebhardt & Schmidt(2006)等,本文研究的重点在于融资工具和控制权的配置能否使企业决策达到最优,而非关注风险投资家和企业家的风险补偿与分担,为了理论研究的便利,本文假设双方均是风险中性的。

（一）模型框架及假设

本文模型的基本架构如图1所示。在时刻0，双方签订合约，风险投资家投入资金为I。在时刻1，企业家需要选择努力水平$a \in A = \{a_1, a_2\}$，该努力水平能被双方所观测，但不能被证实，其中努力成本$C(a_1) > C(a_2)$，但高努力a_1能够提高项目的货币期望收益和企业家的私人利益。在时刻2，自然状态为$\Theta = \{\theta_g, \theta_d\}$，其中$\theta_g$表示业绩好或者项目收益高的自然状态，$\theta_d$表示业绩差或项目收益低的自然状态，此状态能被双方观测但不能被证实。在时刻3，风险企业的决策$b \in B = \{b_g, b_d\}$，其中b_g表示项目继续进行，b_d表示项目被清算，由于自然状态的不可证实性，在时刻3，风险企业的决策$b \in B$不能依据状态在事前的合约中进行有效的规定，合约中必须确定哪一方具有决策权，即需要控制权的配置。在时刻4，项目的货币收入$r \in \{0,1\}$实现。

图1　时刻、努力水平、状态与决策

假设在时刻1企业家的努力水平为a_i，时刻2的状态为θ_j，时刻3风险企业的决策为b_k时，项目的期望货币收益为y_{jk}^i，即$y_{jk}^i = E(r \mid a = a_i, \theta = \theta_j, b = b_k) \equiv \text{prob}(r = 1 \mid a = a_i, \theta = \theta_j, b = b_k)$。记时刻1企业家的努力水平为$a_i$，时刻2的状态为$\theta_j$，时刻3风险企业的决策为$b_k$时，企业家的私人利益为$l_{jk}^i$，其中$i = 1,2$；$j = g, d$；$k = g, d$。在时刻1，企业家高努力$a_1$能够提高项目的期望货币收益，即$y_{jk}^1 > y_{jk}^2$，其中$j = g, d$；$k = g, d$；在状态为好时，项目继续进行所得的期望货币收益大于初始投资额，在状态为差时，清算项目所得的期望货币收益小于初始投资额，即$y_{gg}^i > I > y_{dd}^i$，其中$i = 1,2$。假设无论自然状态为θ_g或θ_d，在时刻3风险企业若选择清算决策b_d，企业家的私人利益均为零[8]，即$l_{gd}^i = 0, l_{dd}^i = 0$，其中$i = 1,2$。假定签订合约时，货币收益期望值、自然状态的概率分布、努力成本及各种状态下的私人利益均为双方的共同知识。

（二）企业的最优决策

假设当业绩状况比较好，即自然状态为θ_g时，风险企业的最优决策[9]是继

---

〔8〕　当风险企业被清算时，企业家谋取私人利益的机会消失，此处假设企业家的私人收益为0。
〔9〕　最优决策即使双方总收益最大化的决策。

续经营项目，即 $y_{gg}^i + l_{gg}^i > y_{gd}^i$。在项目继续运营时，企业家具有谋取私人利益的机会。为了谋取更多的私人利益，将导致项目的货币收益变少，所以为了说明双方存在利益冲突，此处假设式 $y_{gg}^i < y_{gd}^i$ 成立。当业绩状况比较差，即自然状态为 θ_d 时，风险企业的最优决策是清算项目，即 $y_{dd}^i > y_{dg}^i + l_{dg}^i$，其中 $i = 1,2$。

在时刻 3 风险企业的决策达到最优的条件下，时刻 1 企业家选择最优努力 a_1 时项目的总期望收益与努力成本之差大于选择努力 a_2 时项目的总期望收益与努力成本之差，即

$$q(y_{gg}^1 + l_{gg}^1) + (1 - q)y_{dd}^1 - C(a_1) \geq q(y_{gg}^2 + l_{gg}^2) + (1 - q)y_{dd}^2 - C(a_2) \tag{1}$$

式中，q 为状态 $\theta = \theta_g$ 的概率。并且，项目有效必须有下式成立：

$$q(y_{gg}^1 + l_{gg}^1) + (1 - q)y_{dd}^1 - C(a_1) - I > 0 \tag{2}$$

假设下式成立[10]：

$$qy_{gg}^2 + (1 - q)y_{dd}^2 > I \tag{3}$$

进一步，令

$$\Delta = q(y_{gg}^1 + l_{gg}^1) + (1 - q)y_{dd}^1 - I - C(a_1)$$

三、模型的分析

企业家的努力水平 a 在风险企业的决策 b 之前，本文采用动态博弈的逆向归纳法进行分析。以下首先分析当企业家选择努力水平 a_i 时，该如何安排风险企业的现金流权和控制权以使风险企业的决策 b 达到最优。

（一）债券、普通股与单边控制

本文首先尝试使用基本的融资工具，即债券和普通股。[11] 在实际的风险投资中，由于企业家的财富约束，若风险企业使用普通股进行融资，风险投资家所占的股份比例 α 通常满足 $0 < \alpha < 1$，若采取债券的形式进行融资，债券面值 D

---

[10]　风险投资行业往往是高收益的行业，本文假设，即使企业家没有采取最优的努力，但是风险企业在面对各种自然状态若均能采取最优决策，其货币期望收益大于初时的投资额，即 $qy_{gg}^2 + (1 - q)y_{dd}^2 > I$。此处体现决策的重要性。由于 $y_{gg}^1 > y_{gg}^2$ 且 $y_{dd}^1 > y_{dd}^2$，易得 $qy_{gg}^1 + (1 - q)y_{dd}^1 > I$ 也成立。

[11]　类似于 Gebhardt and Schmidt（2006）。

通常大于等于投资额 $I^{[12]}$，即 $D \geq I$。下文在此两条件下进行分析。

命题 1：当风险企业以发行债券或普通股的方式进行融资，即风险企业授予风险投资家面值为 D 的债券或股份比例为 α 的普通股时，风险投资家或企业家单边拥有控制权不能使风险企业的决策 b 达到最优。（证明见附录）

小结：由于企业家私人利益的存在，双方在控制权上存在着利益冲突。在本模型中，当企业家拥有绝对的控制权时，企业家为了追求私人利益在自然状态为差时仍会使项目继续进行；当风险投资家拥有绝对的控制权时，风险投资家会仅关注风险企业的货币收益而忽略了企业家的私人利益，从而在自然状态为好时不会采取最优决策。命题 1 说明，风险企业无论采用普通股还是债券的方式进行融资，风险投资家或企业家单边拥有控制权均不能使决策达到最优。若在自然状态为好时，控制权配置给企业家，在自然状态为差时，控制权配置给风险投资家，则风险企业的决策在各种状态下均能达到最优。由于真实的自然状态 θ 不能合约化，控制权不能依据自然状态而进行或有配置。Aghion and Bolton（1992）将控制权依据与自然状态相关的信号 s 进行或有配置，得到结论为：当信号 s 与自然状态 θ 充分相关时，或有控制比企业家控制和投资者控制均占优。然而 Bienz and Hirscha（2006）实证发现，在风险企业发展的早期，双方通常很难找到合适的信号 s，即信号 s 与真实状态 θ 之间的相关度较小，从而控制权依据信号 s 进行或有配置的效率大大降低。

（二）可转换债券与或有控制

本文尝试利用可转换债券和控制权的合理配置以解决风险企业决策的有效性问题。在时刻 0 双方签订合约，合约中设计了可转换债券 (D, α) 并且把风险企业的控制权授予企业家，合约中规定风险投资家在时刻 2 至时刻 3 之间的某一时刻必须决定是否行使可转换债券的转换权[13]，不妨记转换时刻为时刻 2.5，若风险投资家不行使转换权，则授予风险投资家优先的清算权。根据此种现金流权和控制权的配置，若风险投资家行使转换权，则风险投资家拥有股份数占总股份数比例为 α 的普通股，风险投资家丧失优先清算权，控制权归企业家，不妨记此种情况为 (α, E)；若风险投资家不行使转换权，则风险投

---

〔12〕 实际的合约中，优先清偿额通常为 $1 \times$，$2 \times$，$6 \times$ 等，若清偿额为 $2 \times$，在清算时风险投资家的优先清偿额为投资额的两倍，即 $D = 2I$。可参考风险投资合约条款的介绍，如 Jo Taylor(2004)。

〔13〕 在实际的合约中，可转换债券通常有个转换期限，如企业 IPO 时会自动转换。由于本模型中自然状态实现之后仅有一个决策的事件，本文假设在决策之前，风险投资家需要决定是否行使转换权。

资家拥有面值为 D 的债券,此时风险投资家拥有优先清算权,不妨记此种情况为 (D,V)。下面证明此种控制权和现金流权的配置能使风险企业的决策达到最优。

当企业家选择努力 a_i 时,下面首先求出能使风险企业的决策 b 达到最优的所有可转换债券 (D_i,α_i),其中 $i=1,2$;然后比较企业家选择不同努力水平的期望收益,从而得到合约中所使用的可转换债券;在所得的可转换债券中,求出企业家选择最优努力所满足的充分必要条件,并且得到了近似最佳的可转换债券。

命题 2:考虑现金流权和控制权的组合 $\{(\alpha_i,E),(D_i,V)\}$。当企业家的努力水平为 a_i 时,则使风险投资家能参与项目的投资并且风险企业决策 b 达到最优的充分必要条件是可转换债券满足: $\alpha_i = \dfrac{I-(1-q)y_{dd}^i}{qy_{gg}^i}$, $I \leq D_i < \dfrac{I-(1-q)y_{dd}^i}{q}$。(证明见附录)

小结:命题 2 说明,可转换债券和控制权的合理配置能解决风险企业决策的有效性问题。当自然状态为差时,风险投资家通常不行使可转换债券的转换权,拥有优先清算权的风险投资家将对风险企业进行清算,从而风险企业的决策能达到最优;当自然状态为好时,风险投资家行使转换权,此时拥有控制权的企业家能使企业的决策达到最优。本结论符合 Kaplan and Strömberg (2003) 实证发现的关于风险企业控制权的转移过程,即当风险企业发展顺利、业绩变好时,风险投资家通常放松对企业的控制,当风险企业进展不佳、业绩变差时,风险投资家通常加紧对企业的控制或对项目进行清算。

命题 2 求出了当企业家在时刻 1 的努力水平为 a_i 时,能使风险企业决策 b 达到最优的所有可转换债券。以下分析合约中将采用何种具体的可转换债券。

推论 1:考虑现金流权和控制权的组合 $\{(\alpha_i,E),(D_i,V)\}$,企业家在时刻 1 选择努力 a_1 并且合约采用可转换债券 (D_1,α_1) 所得的期望收益,大于企业家在时刻 1 选择努力 a_2 并且合约采用可转换债券 (D_2,α_2) 所得到的期望收益。(证明见附录)

小结:根据推论 1,作为合约设计者的企业家,为了追求更多的期望收益,在合约中设计的可转换债券为 $\alpha_1 = \dfrac{I-(1-q)y_{dd}^1}{qy_{gg}^1}$, $D_1 \in \left[I, \dfrac{I-(1-q)y_{dd}^1}{q}\right)$。当初始投资额 I 越大,或者项目业绩好的概率越小即项目的风险越大时,风险投资家在签订合约时会要求有更大的转换比例 α_1；当风险企业在业绩差时选择清算所得到的货币收益越小，即 y_{dd}^1 越小，理性的风险投资家也会要求更高的转换比例 α_1；当风险企业在业绩好时选择最优决策能得到更多的货币收益，即 y_{gg}^1 越大，则企业家给予风险投资家所占的份额 α_1 会越小。在签订合约时，企业家设计可转换债券的面值 D_1 不能过大，因为当 $D_1 \geqslant \dfrac{I-(1-q)y_{dd}^1}{q} = \alpha_1 y_{gg}^1$，风险投资家在业绩好时将不行使转换权，从而使风险企业受到清算的威胁。

（三）最优努力的条件

企业家设计的可转换债券满足 $\alpha_1 = \dfrac{I-(1-q)y_{dd}^1}{qy_{gg}^1}, D_1 \in \left[I, \dfrac{I-(1-q)y_{dd}^1}{q} \right)$。可转换债券的面值 D_1 该如何确定？在时刻 0，合约采用了可转换债券 (D_1, α_1) 之后，企业家在时刻 1 是否会采取高努力 a_1？[14] 命题 3 对此两问题进行探讨。

命题 3： 风险投资家能参与项目的投资并且能使决策 b 达到最优的近似最佳的可转换债券为 $\alpha_1 = \dfrac{I-(1-q)y_{dd}^1}{qy_{gg}^1}, D_1 = \dfrac{I-(1-q)y_{dd}^1}{q} - \varepsilon$，[15] 此时企业家能采取最优努力 a_1 的充分必要条件为 $q(y_{gg}^1 + l_{gg}^1 - y_{gd}^2 - \varepsilon) \geqslant C(a_1) - C(a_2)$。

小结： 由命题 2 可知，能使决策 b 达到最优的可转换债券 (D_1, α_1) 有无穷多种，其中转换比例 $\alpha_1 = \dfrac{I-(1-q)y_{dd}^1}{qy_{gg}^1}$，可转换债券的面值 $D_1 \in [I, \alpha_1 y_{gg}^1)$。命题 3 说明，当 $D_1 \to \dfrac{I-(1-q)y_{dd}^1}{q}$ 时，所得的可转换债券比其他的可转换债券均占优，其中近似最佳的可转换债券为 $\alpha_1 = \dfrac{I-(1-q)y_{dd}^1}{qy_{gg}^1}, D_1 = \dfrac{I-(1-q)y_{dd}^1}{q} - \varepsilon$，此时得到企业家能采取最优努力的充分必要条件 $q(y_{gg}^1 + l_{gg}^1 - y_{gd}^2 - \varepsilon) \geqslant C(a_1) - C(a_2)$，$\varepsilon$ 为一个正的无穷小量。条件 $q(y_{gg}^1 + l_{gg}^1 - y_{gd}^2 - \varepsilon) \geqslant C(a_1) - C(a_2)$

---

〔14〕　因为在合约中规定使用可转换债券 (D_1, α_1) 之后，风险投资家和企业家之间的分配方案已确定。采用最优努力虽然能够提高货币期望收益，但是给企业家带来更高的努力成本，所以企业家可能在时刻 1 不采取最优努力。

〔15〕　式中的 ε 为一个正的无穷小量。

与条件 $q(y_{gg}^1 + l_{gg}^1 - y_{gd}^2) > C(a_1) - C(a_2)$ 等价。[16] 在自然状态为差时,项目的清算价值小于可转换债券的面值,所以如果状态为差时,企业家不能从清算中得到任何好处,企业家仅把希望寄托在自然状态为好时的情形。由式 $q(y_{gg}^1 + l_{gg}^1 - y_{gd}^2) > C(a_1) - C(a_2)$ 可知:如果自然状态为好的概率 q 足够大并且企业家从高努力中得到的私人利益 l_{gg}^1 足够高,或者企业家选择高努力比选择低努力的成本差 $C(a_1) - C(a_2)$ 足够小,企业家均会采取最优的努力。此外,由于企业家选择低努力时,风险投资家会清算项目,如果风险企业在业绩好时清算价值 y_{gd}^2 足够小,企业家也会采取高努力 a_1。

四、可行性分析

(一) 控制权配置的可行性分析

上文分析了可转换债券和控制权的此种配置能使风险企业的决策达到最优。但是作为合约的设计者,企业家愿意给予风险投资家在不行使转换权时的优先清算权吗? 答案为肯定的。理由如下:如果风险投资家在任何状态下都没有优先清算权,在自然状态为差时,企业家不会采取清算项目,类似于命题 2 的分析,企业家在时刻 1 采取最优努力时,企业家的收益为: $U = q(y_{gg}^1 + l_{gg}^1) + (1-q)(y_{dg}^1 + l_{dg}^1) - I - C(a_1)$。而根据推论 1,当企业家授予风险投资家优先清算权时,企业家的期望收益为 $U_{a_1}^E(D_1, \alpha_1) = q(y_{gg}^1 + l_{gg}^1) + (1-q) y_{dd}^1 - I - C(a_1)$。根据假设可知 $y_{dd}^1 > y_{dg}^1 + l_{dg}^1$,所以可得 $U < U_{a_1}^E(D_1, \alpha_1)$,即企业家不授予风险投资家清算权时其收益反而更少。原因是风险投资家若丧失优先清算权,风险企业的决策不能达到最优,此时造成效率上的损失,然而理性的风险投资家会要求更多的现金流权以补偿丧失清算权所带来的损失,所以企业家的收益变少。同理,在合约中若授予风险投资家绝对的控制权,在自然状态为好时,风险投资家将不会采取最优决策,此时仍然造成效率的损失,从而企业家的收益将变少。综上所述,在合约中企业家将愿意给予风险投资家在不行使转换权时

---

[16]　当 $q(y_{gg}^1 + l_{gg}^1 - y_{gd}^2 - \varepsilon) \geq C(a_1) - C(a_2)$ 时,由于 ε 为一个正数,所以 $q(y_{gg}^1 + l_{gg}^1 - y_{gd}^2) > C(a_1) - C(a_2)$ 成立。反之,当 $q(y_{gg}^1 + l_{gg}^1 - y_{gd}^2) > C(a_1) - C(a_2)$ 时,令 $k = q(y_{gg}^1 + l_{gg}^1 - y_{gd}^2) - [C(a_1) - C(a_2)]$,易知 $k > 0$,取 $\varepsilon = \dfrac{k}{2}$,可得式 $q(y_{gg}^1 + l_{gg}^1 - y_{gd}^2 - \varepsilon) \geq C(a_1) - C(a_2)$ 成立。故条件 $q(y_{gg}^1 + l_{gg}^1 - y_{gd}^2 - \varepsilon) \geq C(a_1) - C(a_2)$ 与条件 $q(y_{gg}^1 + l_{gg}^1 - y_{gd}^2) > C(a_1) - C(a_2)$ 等价。

的优先清算权。

(二) 融资的可行性分析

利用此种合约,一个有投资价值的项目[17]是否均能得到风险投资家的支持而获得资金? 命题3的充要条件若不成立,即式 $q(y_{gg}^1 + l_{gg}^1 - y_{gd}^2) > C(a_1) - C(a_2)$ 不成立。根据前面分析,在给定可转换债券为 (D_1, α_1) 的条件下,企业家在时刻1不会选择最优努力 a_1,即会选择努力 a_2,理性的风险投资家将不会接受企业家提供可转换债券为 (D_1, α_1) 的合约,因为风险投资家的期望收益将小于 I。[18] 那么企业家考虑可转换债券为 (D_2, α_2) 的合约可行吗? 当 $q(y_{gg}^2 + l_{gg}^2) + (1-q)y_{dd}^2 - I - C(a_2) > 0$ 时,根据命题2,企业家可以提供可转换债券 (D_2, α_2),此时企业家将会选择努力 a_2[19],风险投资家将接受合约并且风险企业的决策 b 能达到最优。根据命题2中的分析,企业家的预期收益为 $q(y_{gg}^2 + l_{gg}^2) + (1-q)y_{dd}^2 - C(a_2) - I$,其值大于零,此时一个有投资价值的项目仍能得到融资,但是不能达到一个最优的结果[20];当 $q(y_{gg}^2 + l_{gg}^2) + (1-q)y_{dd}^2 - I - C(a_2) < 0$ 时,即企业家提供可转换债券为 (D_2, α_2) 的合约将会导致其自身的期望收益为负,此时一个有投资价值的项目将因得不到资金的支持而不能实施。

五、结　　论

由于风险投资合约的不完全性,风险投资的现金流权和控制权的合理安排对风险企业的成功与否至关重要,合理的控制权安排能够提高企业的价值(Hart, 2001)。风险企业具有潜在的高收益性,为了能使风险投资家分享风险企业高速发展所带来的收益,风险投资家通常拥有可转换债券,在风险企业失

---

〔17〕 即该项目在企业家能采取最优努力且企业的决策达到最优时,项目的总期望收益与总成本之差为正。式(2): $q(y_{gg}^1 + l_{gg}^1) + (1-q)y_{dd}^1 - C(a_1) - I > 0$ 保证了本文所讨论的项目有投资价值。

〔18〕 根据前面 (D_i, α_i) 的设计,易得 $\alpha_2 > \alpha_1$ 且 $D_2 < D_1$,类似前面的分析,当企业家提供的可转换债券为 (D_1, α_1) 且企业家在时刻1选择努力 a_2 时,风险投资家的期望收益为 $q\alpha_1 y_{gg}^2 + (1-q)y_{dd}^2$。由 $q\alpha_2 y_{gg}^2 + (1-q)y_{dd}^2 = I$ 且 $\alpha_2 > \alpha_1$,可得 $q\alpha_1 y_{gg}^2 + (1-q)y_{dd}^2 < I$。

〔19〕 利用前面的分析方法,$U_{a_2}^E(D_2, \alpha_2) - U_{a_1}^E(D_2, \alpha_2) = [C(a_1) - C(a_2)] - q[(1-\alpha_2)(y_{gg}^1 - y_{gg}^2) + l_{gg}^1 - l_{gg}^2]$,因为 $q(y_{gg}^1 + l_{gg}^1 - y_{gd}^2) < C(a_1) - C(a_2)$ 及 $0 < \alpha_2 < 1$,可得 $U_{a_2}^E(D_2, \alpha_2) - U_{a_1}^E(D_2, \alpha_2) > 0$。

〔20〕 最优的结果是既能使项目得到融资又能使双方的总收益达到最大,即能使投资者参与项目的投资并且使企业的决策和企业家的努力均达到最优。

败时，拥有可转换债券的风险投资家同时也具有优先清偿权，正是由于可转换债券具有这个特性，从而能诱使风险投资家参与风险项目的投资。

　　在本文的模型中，由于企业家具有私人利益，不同的决策影响着企业家的私人利益，所以风险投资家与企业家之间具有潜在的利益冲突。本文说明了普通股或债券等融资工具以及企业家或风险投资家的单边控制不能解决双方的利益冲突，然而优先清算权依据可转换债券是否行使转换权而进行的或有配置能解决此类问题，从而为可转换债券和或有控制权的配置在风险投资中的广泛应用提供了理论上的解释。当业绩等自然状态为差时，拥有可转换债券的风险投资家通常不行使转换权，此时授予风险投资家优先清算权能使决策达到最优；当业绩等自然状态为好时，风险投资家通常行使转换权，此时企业家控制能使决策达到最优。此结论符合 Kaplan and Strömberg（2003）实证发现的关于风险企业控制权的转移过程，即当风险企业发展顺利、业绩变好时，风险投资家通常放松对风险企业的控制，当风险企业进展不佳、业绩变差时，风险投资家通常加紧对风险企业的控制或对项目进行清算。本文得到了能使风险企业决策达到最优的所有可转换债券；根据所得的可转换债券，求出了企业家选择最优努力的充分必要条件，进而得到了近似最佳的可转换债券。根据所得的充分必要条件可知，如果自然状态为好的概率 q 足够大并且企业家从高努力中得到的私人利益 l_{gg}^1 足够高，或者企业家选择高努力比选择低努力的成本差距 $C(a_1) - C(a_2)$ 足够小，企业家均会采取最优的努力。

附　录

（一）命题 1 的证明

　　当风险企业以债券的方式进行融资，即风险企业授予风险投资家面值为 D 的债券时，若企业家拥有控制权，则风险企业的决策 b 不能达到最优。在自然状态为差，即 $\theta = \theta_d$ 时，由假设可知式 $y_{dd}^i > y_{dg}^i + l_{dg}^i$ 及 $I > y_{dd}^i$ 成立，并且债券面值不小于投资额，即 $D \geq I$，所以企业家若采取最优决策 b_d，则其收益为 0，即清算价值 y_{dd}^i 均为风险投资家所得；若企业家采取项目继续进行的决策 b_g，此时企业家拥有私人利益 l_{dg}^i。故企业家拥有控制权时，企业家不会采取最优决策 b_d。

　　当风险企业以债券的方式进行融资，即风险企业授予风险投资家面值为 D 的债券时，若风险投资家拥有控制权，以下说明风险企业的决策 b 不能达到最优。在自然状态为好，即 $\theta = \theta_g$ 时，由假设可知 $y_{gg}^i > I$，且 $y_{gg}^i < y_{gd}^i$。当债券面值 D 满足 $y_{gg}^i < y_{gd}^i \leq D$ 时，风险投资家采

取清算项目所得的收益为 y_{gd}^i 大于项目继续进行时所得的收益 y_{gg}^i，风险投资家将会清算项目，即不会采取最优决策 b_g；当债券面值 D 满足 $y_{gg}^i < D < y_{gd}^i$ 时，风险投资家采取清算项目所得的收益 D 大于项目继续进行时所得的收益 y_{gg}^i，风险投资家将会立即清算项目；当 $D \leqslant y_{gg}^i < y_{gd}^i$ 时，风险投资家采取清算项目所得的收益等于项目继续进行所得的收益，均为 D，根据注释〔5〕，风险投资家会清算项目。综上所述，风险投资家拥有控制权时，风险企业的决策也不能达到最优。

当风险企业以普通股的方式进行融资，即风险企业授予风险投资家的股份数比例为 α 的普通股时，类似上面的证明，若风险投资家拥有控制权，风险投资家在自然状态为好时不会采取最优决策；若企业家拥有控制权，在自然状态为差时，由于不清算项目时企业家存在着私人利益，企业家也不会采取最优决策 b_d。综上所述，命题 1 得证。

（二）命题 2 的证明

命题充分性的证明。即当 $\alpha_i = \dfrac{I - (1-q)y_{dd}^i}{q y_{gg}^i}$，$D_i \in [I, \alpha_i y_{gg}^i)$ 时，可转换债券 (D_i, α_i) 能使风险投资家参与项目的投资并且风险企业在各种自然状态下均会采取最优的决策。

首先证明自然状态为 θ_d 时，风险企业的决策能达到最优，即此时的决策为 b_d。在时刻 2.5，如果风险投资家行使转换权，即选择 (α_i, E) 时，则风险投资家丧失了优先清算权，企业家拥有时刻 3 的决策权。若企业家在时刻 3 选择决策 b_g，则风险投资家的收益为 $\alpha_i y_{dg}^i$；若企业家在时刻 3 选择 b_d，则风险投资家的收益为 $\alpha_i y_{dd}^i$。在时刻 2.5，如果风险投资家不行使转换权，即选择 (D_i, V) 时，此时风险投资家具有优先清算权。由假设可知 $y_{dd}^i < I$，又因为 $D_i \in [I, \alpha_i y_{gg}^i)$，所以项目的清算价值 y_{dd}^i 小于 D_i，又由假设可知 $y_{dg}^i < y_{dd}^i$，故此时风险投资家将采取清算项目，风险投资家的收益为 y_{dd}^i。由式（3）可知 $q y_{gg}^i + (1-q) y_{dd}^i > I$，所以 $0 < \alpha_i = \dfrac{I - (1-q)y_{dd}^i}{q y_{gg}^i} < 1$，可得 $\alpha_i y_{dg}^i < \alpha_i y_{dd}^i < y_{dd}^i < D_i$ 成立，即在时刻 2.5 风险投资家不行使转换权所得的收益 y_{dd}^i 大于行使转换权所得的收益。风险投资家在时刻 2.5 不会行使转换权，并且在时刻 3 风险投资家采取最优决策即清算项目。综上所述，可转换债券 (D_i, α_i) 满足 $\alpha_i = \dfrac{I - (1-q)y_{dd}^i}{q y_{gg}^i}$，$D_i \in [I, \alpha_i y_{gg}^i)$ 时，风险企业的决策在自然状态为 θ_d 时能达到最优。

其次证明在自然状态为 θ_g 时，风险企业的决策能达到最优，即决策为 b_g。在时刻 2.5，如果风险投资家行使转换权，即选择 (α_i, E) 时，则企业家拥有时刻 3 的控制权。由假设可知 $y_{gg}^i + l_{gg}^i > y_{gd}^i$ 并且 $0 < \alpha_i < 1$ 成立，所以 $(1-\alpha_i) y_{gg}^i + l_{gg}^i > (1-\alpha_i) y_{gd}^i$ 成立，即企业家选择继续进行项目的决策 b_g 所得到的收益大于选择清算项目的决策 b_d 所得到的收益，所以在时刻 3，企业家会选择最优的决策 b_g，此时风险投资家的收益为 $\alpha_i y_{gg}^i$。在时刻 2.5，如果风险投资家不行使转换权，即选择 (D_i, V) 时，此时风险投资家的最大收益为 D_i。因为 $D_i \in [I, \alpha_i y_{gg}^i)$，即 $I \leqslant D_i < \alpha_i y_{gg}^i$，所以风险投资家在时刻 2.5 行使转换权所得的收益 $\alpha_i y_{gg}^i$ 大于不行使转换权

所得的最大收益 D_i,所以风险投资家在时刻 2.5 会行使转换权,从而企业家在时刻 3 会采取最优决策 b_g。

以上证明了可转换债券 (D_i, α_i),其中 $\alpha_i = \dfrac{I - (1-q)y_{dd}^i}{qy_{gg}^i}, I \leqslant D_i < \dfrac{I - (1-q)y_{dd}^i}{q}$,能使风险企业在各种自然状态下均能采取最优决策。下面说明此种可转换债券能使风险投资家参与项目的投资,即满足风险投资家的参与约束。由以上分析可知:在自然状态为 θ_d 时,风险投资家的收益为 y_{dd}^i;在自然状态为 θ_g 时,风险投资家的收益为 $\alpha_i y_{gg}^i$。风险投资家的期望收益为 $U_i^V = q\alpha_i y_{gg}^i + (1-q)y_{dd}^i$。将 $\alpha_i = \dfrac{I - (1-q)y_{dd}^i}{qy_{gg}^i}$ 代入式 $U_i^V = q\alpha_i y_{gg}^i + (1-q)y_{dd}^i$,简化得 $U_i^V = I$,即满足风险投资家的参与约束。即命题的充分性成立。

命题必要性的证明。 即可转换债券 (D_i, α_i) 满足 $D_i \geqslant I, 0 < \alpha_i < 1$ 的条件下,在时刻 1 企业家选择努力水平 a_i 时,若风险企业的决策在各种不同自然状态下均达到最优,则可转换债券 (D_i, α_i) 将满足条件 $\alpha_i = \dfrac{I - (1-q)y_{dd}^i}{qy_{gg}^i}, D_i \in [I, \alpha_i y_{gg}^i)$。

首先考察自然状态为 θ_d 的情况。当自然状态为 θ_d 时,根据假设,风险企业的最优决策为清算项目,即时刻 3 风险企业的决策为 b_d。在时刻 2.5,如果风险投资家行使转换权,即选择 (α_i, E) 时,则风险投资家丧失了优先清算权,企业家拥有时刻 3 的决策权。若企业家在时刻 3 选择决策 b_g,则风险投资家的收益为 $\alpha_i y_{dg}^i$;若企业家在时刻 3 选择决策 b_d,则风险投资家的收益为 $\alpha_i y_{dd}^i$。在时刻 2.5,如果风险投资家不行使转换权,即选择 (D_i, V) 时,此时风险投资家具有优先清算权。由假设可知 $y_{dg}^i < y_{dd}^i < I$ 并且债券面值 D_i 大于投资额 I,所以风险投资家将会清算项目,风险投资家的收益为 y_{dd}^i。因为 $0 < \alpha_i < 1$ 及假设 $y_{dg}^i + l_{dg}^i < y_{dd}^i$,所以 $\alpha_i y_{dg}^i < \alpha_i y_{dd}^i < y_{dd}^i < D_i$ 成立,即风险投资家在时刻 2.5 不行使转换权所得的收益 y_{dd}^i 大于行使转换权时的收益。因此,在时刻 2.5,风险投资家不会行使转换权,并且在时刻 3 风险投资家会清算项目,即在自然状态为 θ_d 时风险企业的决策能达到最优。综上所述,在条件 $D_i \geqslant I$, $0 < \alpha_i < 1$ 下,若风险企业的决策在自然状态为 θ_d 时达到最优,则可转换债券 (D_i, α_i) 无须再满足其他条件。

其次考察自然状态为 θ_g 的情况。当自然状态为 θ_g 时,根据假设,风险企业的最优决策为继续进行项目,即时刻 3 风险企业的决策为 b_g。在时刻 2.5,如果风险投资家行使转换权,即选择 (α_i, E) 时,则企业家拥有时刻 3 的控制权。因为 $0 < \alpha_i < 1$ 及 $y_{gg}^i + l_{gg}^i > y_{gd}^i$,所以 $(1-\alpha_i)y_{gg}^i + l_{gg}^i > (1-\alpha_i)y_{gd}^i$ 成立,即企业家选择项目继续进行的决策 b_g 所得到的收益大于选择清算项目的决策 b_d 所得到的收益。因此,在时刻 3,企业家会选择最优的决策 b_g,从而得到风险投资家在时刻 2.5 行使转换权时的收益为 $\alpha_i y_{gg}^i$。在时刻 2.5,如果风险投资家不行使转换权,即选择 (D_i, V) 时,此时风险投资家具有优先清算权。由假设可知 $y_{gd}^i > y_{gg}^i$。当债券面值 D_i 满足条件 $y_{gd}^i > y_{gg}^i \geqslant D_i$ 时,风险投资家采取清算项目与继续进行项目所得的收益

均为 D_i，根据注释〔5〕，风险投资家会采取清算项目的决策 b_d；当债券面值 D_i 满足条件 $y_{gd}^i > D_i > y_{gg}^i$ 时，风险投资家选择清算项目所得的收益 D_i 大于选择项目继续进行所得的收益 y_{gg}^i，风险投资家也会采取清算项目的决策 b_d；当 $D_i \geqslant y_{gd}^i > y_{gg}^i$ 时，风险投资家选择清算项目所得的收益 y_{gd}^i 大于选择项目继续进行所得的收益 y_{gg}^i，风险投资家也会采取清算项目的决策 b_d。由上述分析可知：当风险投资家在时刻 2.5 不行使转换权时，在时刻 3，风险投资家会采取清算项目的决策 b_d。由于风险企业的决策在自然状态为 θ_g 时达到最优，则可转换债券 (D_i, α_i) 必须使风险投资家行使转换权所得的收益 $\alpha_i y_{gg}^i$ 大于不行使转换权所得的收益。而当债券面值 D_i 满足条件 $y_{gd}^i > D_i > y_{gg}^i$ 或 $D_i \geqslant y_{gd}^i > y_{gg}^i$ 时，风险投资家不行使转换权时的收益均大于行使转换权时的收益 $\alpha_i y_{gg}^i$，故债券面值 D_i 必须满足 $y_{gd}^i > y_{gg}^i \geqslant D_i$，此时风险投资家不行使转换权时的收益为 D_i。综上所述，当自然状态为 θ_g 时，在条件 $D_i \geqslant I, 0 < \alpha_i < 1$ 下，若风险企业的决策在自然状态为 θ_g 时达到最优，则可转换债券 (D_i, α_i) 满足 $\alpha_i y_{gg}^i > D_i$。

综上所述，在条件 $D_i \geqslant I, 0 < \alpha_i < 1$ 下，风险企业的决策在不同自然状态下达到最优时，可转换债券 (D_i, α_i) 满足 $\alpha_i y_{gg}^i > D_i$。在自然状态为 θ_d 时，风险投资家的收益为 y_{dd}^i，企业家的收益为 0；在自然状态为 θ_g 时，风险投资家的收益为 $\alpha_i y_{gg}^i$，企业家的收益为 $(1 - \alpha_i) y_{gg}^i + l_{gg}^i$。由于风险投资家能够参与项目的投资，故风险投资家的收益满足参与约束，即风险投资家的期望收益等于投资额，即 $q \alpha_i y_{gg}^i + (1 - q) y_{dd}^i = I$，解得 $\alpha_i = \dfrac{I - (1 - q) y_{dd}^i}{q y_{gg}^i}$。由式（3）可知：

$q y_{gg}^i + (1 - q) y_{dd}^i > I$，所以 $0 < \alpha_i = \dfrac{I - (1 - q) y_{dd}^i}{q y_{gg}^i} < 1$ 成立。又因为 $y_{gg}^i > I > y_{dd}^i$，所以 $\alpha_i y_{gg}^i = \dfrac{I - (1 - q) y_{dd}^i}{q} > I$ 成立。因此，风险企业在各种自然状态下采取最优决策时，则可转换债券 (D_i, α_i) 满足 $\alpha_i = \dfrac{I - (1 - q) y_{dd}^i}{q y_{gg}^i}$ 和 $D_i \in [I, \alpha_i y_{gg}^i)$。命题的必要性得证。

综上所述，命题的必要性与充分性均成立，命题 2 得证。

（三）推论 1 的证明

由命题 1 分析可知，当企业家在时刻 1 选择努力 a_i 时，使决策 b 达到最优的可转换债券满足：$\alpha_i = \dfrac{I - (1 - q) y_{dd}^i}{q y_{gg}^i}, I \leqslant D_i < \dfrac{I - (1 - q) y_{dd}^i}{q^i}$，并且企业家的预期收益为：

$$U_{a_i}^E (D_i, \alpha_i) = q \left[(1 - \alpha_i) y_{gg}^i + l_{gg}^i \right] - C(a_i)$$

将 $\alpha_i = \dfrac{I - (1 - q) y_{dd}^i}{q y_{gg}^i}$ 带入上式得

$$U_{a_i}^E (D_i, \alpha_i) = q (y_{gg}^i + l_{gg}^i) + (1 - q) y_{dd}^i - I - C(a_i)$$

根据式（1），即 $q (y_{gg}^1 + l_{gg}^1) + (1 - q) y_{dd}^1 - C(a_1) \geqslant q (y_{gg}^2 + l_{gg}^2) + (1 - q) y_{dd}^2 - C(a_2)$ 可知，企业家在时刻 1 选择努力 a_1 并且合约采用可转换债券 (D_1, α_1) 所得的期望收益大于企业家在时刻 1 选择努力 a_2 并且合约采用可转换债券 (D_2, α_2) 所得到的期望收益，即 $U_{a_1}^E (D_1, \alpha_1)$

$> U_{a_2}^E(D_2, \alpha_2)$ 成立。故有推论 1 成立。

(四) 命题 3 的证明

要使企业家在时刻 1 能采取最优努力 a_1,企业家选择最优努力 a_1 所得到的期望收益必须不小于选择努力 a_2 所得到的期望收益,即 $U_{a_1}^E(D_1, \alpha_1) \geqslant U_{a_2}^E(D_1, \alpha_1)$。

根据命题 2,当企业家在时刻 1 采取最优努力水平 a_1 时,其期望收益为:

$$U_{a_1}^E(D_1, \alpha_1) = q[(1 - \alpha_1) y_{gg}^1 + l_{gg}^1] - C(a_1)$$

当企业家在时刻 1 选择努力水平 a_2 时,企业家在时刻 1 选择努力 a_2 所得到的期望收益与风险投资家在时刻 2.5 是否行使可转换债券的转换权有关。当时刻 2 的自然状态为 θ_g 时,风险投资家是否行使可转换债券的转换权取决于可转换债券的面值 D_1 与转换之后收益 $\alpha_1 y_{gg}^2$ 之间的大小。下面根据 $\alpha_1 y_{gg}^2$ 与 I 的相对大小,即分别考虑 $\alpha_1 y_{gg}^2 \leqslant I$ 和 $\alpha_1 y_{gg}^2 > I$ 两种情况,来讨论当企业家在时刻 1 选择努力水平 a_2 时企业家的收益。

(1) 当 $\alpha_1 y_{gg}^2 \leqslant I$ 时

首先考察自然状态为 θ_d 时的情况。由假设可知 $y_{dd}^1 > y_{dd}^2$,又因为 $D \geqslant I > y_{dd}^1$,所以 $D \geqslant I > y_{dd}^1 > y_{dd}^2$ 成立。分析方法与命题 2 类似,可得到:在时刻 2.5,风险投资家不行使转换权,风险投资家的收益为 y_{dd}^2,企业家的收益为 0。

其次考察自然状态为 θ_g 时的情况。在时刻 2.5,当风险投资家选择 (α_1, E) 时,企业家会选择最优决策 b_g,此时风险投资家的收益为 $\alpha_1 y_{gg}^2$。当风险投资家选择 (D_1, V) 时,风险投资家拥有面值为 D_1 的债券,风险投资家具有优先清算权。根据式(3): $q y_{gg}^2 + (1 - q) y_{dd}^2 > I$ 及假设 $y_{dd}^1 > y_{dd}^2$ 可知,式 $\alpha_1 y_{gg}^1 = \dfrac{I - (1-q) y_{dd}^1}{q} < \dfrac{I - (1-q) y_{dd}^2}{q} < y_{gg}^2$ 成立。由假设知 $y_{gg}^2 < y_{gd}^2$,故 $D_1 < \alpha_1 y_{gg}^1 < y_{gg}^2 < y_{gd}^2$ 成立。在时刻 2.5,当风险投资家选择 (D_1, V) 时,风险投资家选择清算项目与继续项目所得的收益均为 D_1,根据注释[5],风险投资家会清算项目。由命题的条件可知 $\alpha_1 y_{gg}^2 < I < D_1$,所以在时刻 2.5,风险投资家将选择 (D_1, V),即不行使转换权,风险投资家会采取清算项目,此时风险投资家的收益为 D_1,企业家的收益为 $y_{gd}^2 - D_1$。

综上所述,当 $\alpha_1 y_{gg}^2 \leqslant I$ 时,在时刻 1,企业家选择努力水平 a_2 的期望收益为:

$$U_{a_2}^E(D_1, \alpha_1) = q(y_{gd}^2 - D_1) - C(a_2)$$

在时刻 1,企业家选择最优努力水平 a_1 的参与约束和激励相容约束为:

$$q[(1 - \alpha_1) y_{gg}^1 + l_{gg}^1] - C(a_1) \geqslant 0 \tag{4}$$

$$q[(1 - \alpha_1) y_{gg}^1 + l_{gg}^1] - C(a_1) \geqslant q(y_{gd}^2 - D_1) - C(a_2) \tag{5}$$

将 $\alpha_1 = \dfrac{I - (1-q) y_{dd}^1}{q y_{gg}^1}$ 代入式(4)、式(5),分别简化得:

$$q(y_{gg}^1 + l_{gg}^1) + (1 - q) y_{dd}^1 - I - C(a_1) \geqslant 0 \tag{6}$$

$$\Delta \geqslant q(y_{gd}^2 - D_1) - C(a_2) \tag{7}$$

由式(2)可知,式(6)显然成立。当且仅当 $\Delta \geqslant q(y_{gd}^2 - D_1) - C(a_2)$ 时,企业家在时刻 1

会选择最优努力水平 a_1。令 $K(D_1) = q(y_{gd}^2 - D_1) - C(a_2)$，$K(D_1)$ 随着 D_1 的增加而递减。

由于 $D_1 \in \left[I, \dfrac{I - (1-q)y_{dd}^1}{q} \right)$，当 $D_1 \to \dfrac{I - (1-q)y_{dd}^1}{q}$ 时，$K(D_1) = q(y_{gd}^2 - D_1) - C(a_2)$ 趋于最小值，所以近似最佳的可转换债券面值为 $D_1 = \dfrac{I - (1-q)y_{dd}^1}{q} - \varepsilon$。[21]

将 $D_1 = \dfrac{I - (1-q)y_{dd}^1}{q} - \varepsilon$ 代入式（7），得

$$q(y_{gg}^1 + l_{gg}^1 - y_{gd}^2 - \varepsilon) \geq C(a_1) - C(a_2)$$

（2）当 $\alpha_1 y_{gg}^2 > I$ 时

当 $\alpha_1 y_{gg}^2 > I$ 时，类似于上面的分析，可得近似最佳的可转换债券的面值为 $D_1 = \dfrac{I - (1-q)y_{dd}^1}{q} - \varepsilon$，并且企业家选择最优努力 $q(y_{gg}^1 + l_{gg}^1 - y_{gd}^2 - \varepsilon) \geq C(a_1) - C(a_2)$。

综上所述，命题3得证。

参 考 文 献

[1] 李姚矿、陈德棉，2004，参与型可转换优先股与最优风险投资退出决策系，《系统工程学报》，第5期，第445—450页。

[2] 王春峰、李吉栋，2003，可转换证券与风险投资——可转换债券的信号传递机制，《系统工程理论方法应用》，第4期，第289—292页。

[3] 姚佐文、陈晓剑、崔浩，2003，可转换优先股与风险投资的有效退出，《管理科学学报》，第1期，第92—96页。

[4] Aghion, P., and P. Bolton, 1992, An incomplete contracts approach to financial contracting, *Review of Economic Studies* 59, 473—455.

---

[21] 由假设可知 $\Delta > 0$，令 $K(D_1) = q(y_{gd}^2 - D_1) - C(a_2)$，$K(D_1)$ 为 D_1 的减函数，即当 $D_1^{(1)} > D_1^{(2)}$ 时，$K(D_1^{(1)}) < K(D_1^{(2)})$。根据前面分析的结论，当选择可转换债券 $(D_1^{(1)}, \alpha_1)$ 时，得到的充分必要条件为 $\Delta \geq K(D_1^{(1)})$，而选择可转换债券 $(D_1^{(2)}, \alpha_1)$ 时，得到的充分必要条件为 $\Delta \geq K(D_1^{(2)})$。由于 $K(D_1^{(1)}) < K(D_1^{(2)})$，所以若 $K(D_1^{(2)}) > \Delta \geq K(D_1^{(1)}) > 0$，可转换债券 $(D_1^{(1)}, \alpha_1)$ 能使决策 b 和努力水平 a 达到最优，但可转换债券 $(D_1^{(2)}, \alpha_1)$ 却不能使企业家的努力水平 a 达到最优，即企业家会采取努力水平 a_2。然而，由 $q(y_{gg}^1 + l_{gg}^1) + (1-q)y_{dd}^1 - C(a_1) \geq q(y_{gg}^2 + l_{gg}^2) + (1-q)y_{dd}^2 - C(a_2)$ 可知，企业家的努力水平 a_2 及相应的可转换债券 (D_2, α_2) 不能使项目总收益最大（并非 Pareto 最优）。因此，当 $D_1 \to \dfrac{I - (1-q)y_{dd}^1}{q}$ 时，所得到的可转换债券比其他的可转换债券占优。此处近似最佳的可转换债券为 $\alpha_1 = \dfrac{I - (1-q)y_{dd}^1}{qy_{gg}^1}$，$D_1 = \dfrac{I - (1-q)y_{dd}^1}{q} - \varepsilon$，$\varepsilon$ 为一个正的无穷小量。

[5] Bascha, A. , and U. Walz, 2001, Convertible securities and optimal exit decisions in venture capital finance, *Journal of Corporate Finance* 7, 285—306.

[6] Berglöf, E. ,1994, A control theory of venture capital finance, *Journal of Law, Economics and Organization* 62 (10), 247—267.

[7] Bienz, C. , and J. Hirscha, 2006, The dynamics of venture capital contracts, Working Paper, Center for Financial Studies and Goethe University Frankfurt.

[8] Cornelli, F. , and O. Yosha, 2003, Staged financing and the role of convertible securities, *Review of Economic Studies* 70 (1), 1—32.

[9] Gebhardt, G. , and K. Schmidt, 2006, Conditional allocation of control rights in venture capital finance, Working Paper, University of Munich, CEPR and CESifo.

[10] Gompers, P. A. , and J. Lerner, 1999, *The Venture Capital Cycle*, Cambridge, MA: MIT Press.

[11] Grossman, S. , and O. ,Hart, 1986, The costs and benefits of ownership: A theory of vertical and lateral integration, *Journal of Political Economy* 94(4), 691—719.

[12] Hart, O. , 2001, Financing contracting, *Journal of Economic Literature* 39(4), 1079—1100.

[13] Hart, O. , and J. Moore, 1990, Property rights and the nature of the firm, *Journal of Political Economy* 98(6), 1119—1158.

[14] Hart, O. , and J. Moore, 1998, Default and renegotiation: A dynamic model of debt, *Quarterly Journal of Economics* 113(1), 1—41.

[15] Hellmann, T. , 1998, The allocation of control rights in venture capital contracts, *Rand Journal of Economics* 29(1), 57—76.

[16] Hellmann T. , 2006, IPOs, acquisitions, and the use of convertible securities in venture capital, *Journal of Financial Economics* 81(3), 649—679.

[17] Kaplan, S. , and N, Strömberg, 2003, Financial contracting theory meets the real world: Evidence from venture capital contracts, *Review of Economic Studies* 70(2), 281—315.

[18] Kaplan, S. , and N, Strömberg, 2004, Characteristics, contracts and actions: Evidence from venture capitalist analysis, *Journal of Finance* 59(5), 2177—2211.

[19] Marx, L. , 1998, Efficient venture capital financing combining debt and equity, *Review of Economic Design* 3(4): 371—387.

[20] Sahlman, W. , 1990, The structure and governance of venture capital organizations, *Journal of Financial Economics* 27(2), 473—521.

[21] Schmidt, K. , 2003, Convertible securities and venture capital finance, *Journal of Finance* 58 (3), 1139—1167.

[22] Taylor, J. , 2004, *A Guide To Venture Capital Term Sheets*, British venture capital association technology committee.

Allocation of Control Rights and Cash Flow Rights in Venture Capital Firms

Shengcou Wang   Yong Zeng

(*School of Management and Economics of UESTC*)

Abstract   This paper applies the framework of incomplete contracts to analyzing the allocation of control rights and cash flow rights in venture capital firms. We show that the debt or equity with the unilateral control can not implement the first best decision. It is verified that the conflict of interest between venture capitalists and entrepreneurs can be resolved through a combination of convertible debt and preferred liquidation rights. By analyzing the conditions that convertible debt should meet for the firm to make the optimal decision, this paper obtains the necessary and sufficient conditions for the entrepreneur to choose the best effort. The comparison of the conditions results in the approximately best convertible security design.

Key Words   Incomplete Contracts, Control Rights, Convertible Debt, Cash Flow Rights, Preferred Liquidation Rights

JEL Classification   F830.59, G32, G33

金融学季刊

2008 年 第 4 卷 第 2 期

Quarterly Journal of Finance

Vol. 4, No. 2, 2008

流动性的跨市场影响：
共同因素还是流动性转移？

谭地军　　田益祥[*]

摘　要　共同因素和市场之间的"流动性转移"（flight-to-liquidity）行为是流动性具有跨市场影响的主要原因。本文通过分析中国国债和企业债市场之间流动性对收益率的跨市场影响，对两种原因进行了实证检验。实证结果发现：国债市场价格冲击系数与国债市场当期收益率呈显著负相关，隐含着显著的流动性补偿；企业债市场流动性具有跨市场影响，显著影响国债市场收益率，其主要原因在于债券市场共同因素的影响，而非市场之间的"流动性转移"行为；进一步分析发现，宏观货币政策（宏观流动性）的变化将会影响债券市场的微观流动性；国债市场流动性补偿及企业债市场流动性的跨市场作用，均主要源于市场非预期流动性的影响。

关键词　市场不确定性，流动性，共同因素，流动性转移

一、引　　言

关于债券定价的分析，现有研究主要关注利率风险和信用风险的影响，实证发现，这两个因素可以解释大部分债券市场收益率的变化。但随着市场微观结构理论的兴起，越来越多的研究发现，流动性对债券定价及债券市场风险管理也有重要影响，尤其是 1998 年秋季的俄罗斯国债事件，使人们对债券市场流

* 谭地军，电子科技大学管理学院博士生；田益祥，电子科技大学管理学院教授、博士生导师。通讯作者及地址：谭地军，电子科技大学管理学院，610054，E-mail：tandj516@ uestc. edu. cn。本研究得到教育部新世纪优秀人才支持计划项目（教技函［2005］35 号）、电子科技大学中青年学术带头人＋创新团队支持计划资助。特别感谢匿名审稿人以及《金融学季刊》编辑部张燕老师对本文提出的宝贵建议，当然，文责自负。

动性的影响有了更深刻的认识。

现有对债券市场流动性的研究主要包括两个方面:第一,讨论债券流动性与债券收益率或债券定价的关系,如 Houweling 等(2005)、Chen 等(2007)的研究发现,债券市场流动性是除了利率风险和信用风险外的定价因子,将显著影响债券收益率;第二,讨论债券市场流动性与其他市场流动性之间的关系,如 Chordia 等(2005)发现债券市场流动性与股票市场流动性显著相关,Goyenko and Ukhov(2008)则发现债券和股票市场的流动性存在显著的领先滞后关系和双向因果关系。

在以上两方面研究的基础上,还有两个问题需要进一步检验:首先,流动性对收益率是否具有跨市场(cross-market)影响?即流动性的定价作用以及市场之间流动性的相关性,是否会使得一个市场的流动性影响到另一个市场的收益率。直观上讲,因为一个市场的流动性可能影响另外一个市场的流动性,而流动性的变化又将影响到其市场收益率,因此,流动性对收益率应该具有跨市场影响。更为重要的问题是,流动性产生跨市场影响的原因是什么?对于产生流动性跨市场影响的原因,现有研究主要提及了两个方面:第一,共同因素的影响。一些共同因素,如货币政策的变化、利率的变动等,同时影响了两个市场的流动性和收益率,从而使得一个市场的流动性与另一个市场的流动性及收益率表现出显著相关性。如 Goyenko(2006)发现,国债市场流动性显著影响股票市场收益率,其主要原因在于国债市场的传递作用(channel effect)使得宏观经济变量等影响股票和国债市场的共同因素将首先反映在国债市场上,然后通过国债市场传递到股票市场。第二,市场之间"流动性转移"(flight-to-liquidity)行为的影响。市场之间的"流动性转移"主要指一个市场流动性变差时,投资者将投资转向流动性更好的市场,如 Longstaff(2004)对美国国债和机构债券 Refcorp 的分析发现,由于"流动性转移"行为的影响,两种债券之间流动性的变化将显著影响其收益率差。

本文分析了中国国债和企业债市场上流动性对各自市场收益率的短期影响,以及两个市场之间流动性对收益率的跨市场影响,并对流动性跨市场影响的原因和机制进行了检验。在分析流动性的影响时,本文还讨论了不同市场条件下流动性影响的差异,以及预期和非预期流动性的不同影响。通过分析不同样本区间流动性影响的差异,本文也间接讨论了宏观(货币)流动性与微观(交易)流动性的关系。对以上问题的分析对于分析资产流动性变化的原因,以及从整个资本市场的角度讨论流动性对资产定价的影响,都具有重要意义。

关于流动性对收益率的短期影响,根据 Acharya and Pedersen(2005)的理论模型结论,流动性降低将使资产当期收益率下降,Acharya and Pedersen(2005)针对股票市场的结论在债券市场是否适用还有待检验;同时,相对于流动性长期影响的分析,流动性的短期作用可能更加复杂,在不同市场条件下,流动性的短期作用可能有所差异,在市场出现危机的时候,流动性的短期影响可能比平时更重要。如 Beber 等(2008)对欧盟十个国家的国债市场进行分析后发现,除了利率风险外,信用风险是决定债券价值的主要因素,但当市场出现危机时,投资者更关心市场的流动性。

对于流动性的跨市场影响,现有相关实证分析主要讨论了市场之间流动性的相关性,而很少讨论一个市场流动性对另一个市场收益率的影响,虽然 Underwood(2008)等分析了国债和股票市场订单流(order flows)对收益率的跨市场影响,但由于将订单流定义为买卖次数(金额)之差,更多地反映市场的上涨或下跌状态,或进入、退出市场资金的多少,因此订单流并不等同于流动性(Chordia 等,2007)。此外,对于流动性具有跨市场影响的内在原因,还有待进一步分析。Goyenko(2006)分析了美国股票市场与国债之间流动性对收益率的跨市场影响,结论是共同因素及"流动性转移"行为均可能使得流动性具有跨市场影响。美国国债市场的流动性非常好,远高于股票市场,这一点对于国债市场更快地反应宏观变量等共同因素的变化,以及股票与国债市场之间的"流动性转移",都是必不可少的。而中国国债和企业债市场,从发行量、交易量、交易次数等方面去衡量,其流动性都较差。因此,流动性是否具有跨市场影响,若存在跨市场影响,其原因在于"流动性转移"还是共同因素的影响,均有待检验。

根据 Connolly 等(2005,2007)、Underwood(2008)、Beber 等(2008)的分析结论,流动性的影响也会随着市场条件的变化而不同。因此,本文考虑了波动率和流动性两种不确定性条件下流动性对市场内及跨市场收益率的影响。对于市场波动率,本文使用了 VEC、CCC、BKKK 等形式的多元 GARCH(Multivariate GARCH)模型进行分析。同时,根据 Amihud(2002)、Acharya and Pedersen(2005)、Goyenko(2006)等的分析结论,不管是在股票市场还是债券市场,预期和非预期的流动性均可能对资产收益率产生不同的影响。因此,本文的分析同时检验了中国国债和企业债市场预期和非预期流动性对市场内和跨市场收益率的影响。

另外,由债券定价原理,中央银行货币政策调整以及利率变化对债券定价有着非常重要的影响。Chordia 等(2005)的实证研究发现,货币政策及利率变化等因素作为宏观流动性(货币流动性)的主要决定因素,将会影响交易者的借贷成本、预算约束,从而影响投资者的交易活动及微观流动性(交易流动性)。从 2004 年 4 月 25 日起,中国人民银行将资本充足率低于一定水平的金融机构存款准备金率提高 0.5 个百分点,执行 7.5% 的存款准备金率,并实行差别存款准备金率制度,这一政策的变化也带来了本文实证样本区间内两个债券市场最大的价格波动。存款准备金率的调整、宏观经济资金供求及宏观流动性的变化,亦可能影响到金融市场微观流动性(Chordia 等,2005)。基于此,本文亦分析了该时期前后,流动性对市场内及跨市场收益率影响的差异,间接讨论了宏观和微观流动性的相互关系。

通过实证检验,本文发现:企业债市场流动性具有跨市场影响,显著影响国债市场收益率,企业债市场价格冲击系数与国债市场收益率负相关,流动性跨市场影响的主要原因在于共同因素而非两个市场之间的"流动性转移"行为;共同因素引起的流动性跨市场影响,除了表现为一个市场流动性对另一个市场收益率的直接影响外,也表现为一个市场流动性的变化首先影响到另一个市场流动性,再通过流动性的变化影响到其收益率的间接影响。控制了流动性的跨市场影响后,国债市场价格冲击系数上升、流动性变差时,国债市场收益率显著下降,隐含着显著的流动性补偿;不管是国债市场的流动性补偿作用,还是企业债市场流动性的跨市场作用,均主要源于非预期流动性的影响,预期流动性的影响作用则相对微弱。2004 年 4 月,中国人民银行提高金融机构准备金率并实行差别准备金制度后,国债市场价格冲击系数显著增加、流动性显著下降,在中国债券市场本身流动性较差、市场参与者较少的情况下,流动性进一步下降后,投资者对债券的流动性关注可能进一步降低,从而可能使得流动性的补偿作用变得不显著。

与现有研究相比,本文的贡献在于:第一,现有研究主要分析了单个市场流动性对收益率的影响或市场之间流动性的关系,本文在这些研究的基础上,分析了不同债券市场之间流动性对收益率的跨市场影响,即分析了流动性的相关性是否显著影响到资产收益率。第二,本文对流动性跨市场影响的两种原因进行了实证检验,而相关研究还很欠缺;同时,本文的分析也发现,债券市场之间流动性跨市场影响的原因,与现有关于股票与国债市场之间的分析结论不同。第三,通过分析中国人民银行货币政策变化前后,两个债券市场流动性对市场内及跨市场收益率的影响,并区分了预期和非预期流动性的不同影响,这些研究结论为宏观货币流动性与微观交易流动性的关系,以及债券市场流动性变化的原因和机制,提供了更多实证依据。此外,现有研究分析市场之间收益率或流动性的相互关系时,一般仅考虑了市场波动率的不确定性,本文则同时考虑了波动率和流动性两种不确定性条件下流动性对市场内及跨市场收益率的影响。

　　本文其余部分的安排如下:第二部分是文献回顾;第三部分讨论了实证数据及处理过程;第四部分是研究假设及模型;第五部分是实证结果;第六部分是结论。

二、文献回顾

　　刻画证券市场流动性的指标除了价差、深度等传统指标外,还有交易量对价格的冲击系数(Amihud,2002)、异常交易量对价格的冲击系数(Hasbrouck,1991)等。由于这些因素涉及投资者的成本,因此它们是否会反映在资产的价格中,是研究者和投资者主要关心的问题之一。Amihud and Mendelson(1986)、Brennan and Subrahmanyam(1996)、Chordia 等(2002)、Amihud(2002)等研究证据表明,流动性显著影响股票收益率,是股票定价的因子。

　　除了对股票市场的研究外,债券市场流动性及其定价问题也在近年来得到了重视。基于各种流动性指标,近年来,已有不少研究开始关注于债券市场流动性的定价问题。Houweling 等(2005)讨论了公司债券的总发行量、债券期限、已上市时间(age)、息票利率、收益率的波动性、到期收益率、到期时间等间接流动性变量与债券收益率的关系,实证研究发现,这些因素中的大部分都能较好地刻画公司债券的流动性,它们的特征将反映在债券收益率中。Chen 等(2007)同时使用价差、非交易天数、基于日数据和回归方法的 LOT(Lesmond 等,1999)三种方式度量美国公司债券的流动性,并控制了债券特征(bond-specific)、公司特征(firm-specific)和宏观变量的影响,实证结果发现,不管哪种流动性度量方法,其流动性补偿都是非常显著的。另外,Brandt and Kavajecz(2004)运用主成分分析和向量自回归(VAR)方法对美国国债市场进行分析后发现,订单不平衡程度将显著影响资产收益率,其主要原因在于流动性补偿。国内也有不少研究讨论了债券市场的流动性补偿问题。如郭泓和杨之曙(2006)利用高频数据分析中国国债市场上价差、深度等指标对债券收益率的影响,研究结果发现,中国国债市场上新旧债券的流动性存在明显的差异;但郭泓和武康平(2006)则发现新旧债券的流动性补偿的差异并不显著。谭地军等(2008)发现,中国国债市场上,流动性风险显著影响国债定价,低流动性债券将获得显著的流动性补偿;同时,国债市场内部流动性不同的债券之间存在"流动性转移"行为。

流动性的定价作用表现为流动性对资产价格的长期影响,除此之外,流动性对资产价格也可能存在短期影响,并与长期影响表现出不同的特征。Acharya and Pedersen(2005)在 CAPM 模型的基础上,建立了一个流动性风险调整的 LCAPM 模型,其流动性风险包括三部分:个股收益率与市场总体流动性的共变性(协方差)、个股流动性与市场收益率的共变性以及个股流动性与市场流动性的共变性。Acharya and Pedersen 的理论模型发现,资产流动性下降使得短期收益率下降、长期收益率上升,从而将流动性的长期和短期作用统一了起来。此外,预期和非预期流动性的影响也可能不同,如 Amihud(2002)对股票市场的实证分析发现,在流动性补偿的作用下,预期的流动性越差("不流动性"越强),股票的收益率将显著上升,但非预期的流动性越差,股票收益率将显著下降。Goyenko(2006)在股票和国债市场的分析中均得到了与 Amihud 类似的结论。

流动性除了对各自市场有影响外,还可能具有跨市场影响。如果流动性是影响资产定价和投资者决策的系统因素,投资者在不同的市场(如股票市场和债券市场)之间进行资产分配必将导致不同市场之间的流动性相互影响(Goyenko and Ukhov,2008)。因此,除了分析债券市场的流动性补偿外,亦有不少研究分析市场之间流动性及流动性补偿的关系,讨论市场之间广泛存在的"流动性转移"行为,包括 Longstaff(2004)、Goyenko and Ukhov(2008)、Beber 等(2008)等。Longstaff(2004)分析了美国国债与机构债券 Refcorp 之间的收益率关系。由于 Refcorp 由政府使用国债进行完全担保,它与国债的信用风险相同,两类债券的主要差别在于流动性。Longstaff 的实证研究发现,这两类信用风险相同而流动性不同的债券之间存在显著的"流动性转移"行为。Goyenko and Ukhov(2008)分析了 1962—2003 年期间美国国债与股票市场流动性的关系,并认为股票市场和债券市场通过流动性统一为一个整体(integrated via illiquidity),一个市场的流动性状况对另一个市场的流动性状况具有预测能力。其实证结论为:当股票市场的波动性增加时,投资者将投资转向风险更小的债券市场,即存在"安全性转移"行为,而在"安全性转移"时,投资者更偏好于流动性更好的债券,即同时存在"流动性转移"行为。Beber 等(2008)分析了欧洲地区 10 个国家国债之间的相互影响关系,其结论认为,除了利率风险外,信用风险是债券价值的主要决定因素,但当市场出现危机(stress)时,流动性是投资者关心的主要问题,此时"流动性转移"行为更明显。另外,Amihud(2002)、黄峰和杨朝军(2007)对股票市场流动性补偿问题进行分析时发现,市值低的股票其流动性补偿显著高于市值高的股票,存在"流动性转移"的证据。

　　在对流动性跨市场影响及其原因的分析中,Goyenko(2006)发现,当股票市场非预期流动性变差或"不流动性"(illiquidity)增强时,国债市场收益率显著上升,预示着从股票市场到国债市场的"流动性转移"行为;而当国债市场非预期流动性变差或"不流动性"增强时,股票市场收益率显著下降,其主要原因在于国债市场的传递作用使得宏观经济变量等影响股票和国债市场的共同因素首先反映在国债市场,然后通过国债市场传递到股票市场,从而使股票市场收益率既包括对本市场流动性变化的风险补偿,也包含对国债市场流动性变化的风险补偿。

　　流动性不管是对各自市场的影响还是跨市场影响,在不同的市场条件或市场不确定性下,都可能会表现出完全不同的特征,主要原因在于当市场危机时,共同因素和跨市场"流动性转移"行为的影响都可能更强。如 Connolly 等(2005)的研究结论发现,当股票市场波动率增加时,股票对投资者的吸引力下降,更安全的国债市场对投资者的吸引力增加,投资者从股票市场转移到国债市场的行为使得股票与国债市场收益率表现出短期负相关。Underwood(2008)分析了不同市场不确定性下,股票和国债市场订单流对两个市场收益率的影响,结果发现,股票市场不确定性较高时,股票与国债市场收益率呈显著负相关关系。Connolly 等(2005)、Underwood(2008)虽然未直接讨论市场流动性对收益率的跨市场影响,但对于市场不确定性对投资者行为的影响,提供了现实依据。

　　以上相关文献最主要的结论包括:流动性影响投资者的交易成本,会影响资产收益率,且在不同的市场条件下,流动性对市场收益率的影响可能不同;一个市场的流动性可能影响到其他相关市场的流动性。在以上文献的基础上,本文同时分析了波动性变化和流动性变化两种不确定条件下,中国国债和企业债券流动性对各自市场及跨市场收益率的影响。本文的主要结论是:企业债市场流动性具有跨市场影响,显著影响国债市场收益率,其主要原因在于债券市场共同因素的影响而非市场之间的"流动性转移"行为;控制了流动性的跨市场影响后,国债市场价格冲击系数与国债市场收益率呈显著负相关,隐含着显著的流动性补偿;未发现企业债市场存在流动性补偿的证据。

三、数据及处理

（一）数据描述

本文的数据包括两个部分：一是国泰君安 CSMAR 债券交易数据库 2000 年 1 月 6 日至 2006 年 4 月 21 日，共 1510 个有效交易日的数据。其中包括国债 73 只（上海证券交易所交易的 45 只，深圳证券交易所交易的 28 只）；企业债券 64 只（上海证券交易所交易的 53 只，深圳证券交易所交易的 11 只）；共有 64 940 笔交易日／债券的数据。二是 CSMAR 债券回购数据库，选取 2000 年 1 月 6 日至 2006 年 4 月 21 日每天的三个月回购利率作为无风险利率。

在数据预处理时，去掉了"国债 0215"、"国债 966"、"国债 973"和"国债 917"四只收益率波动较大的债券，并考虑了除息日的影响。本文中，债券收益率为债券收盘价（全价或发票价格，invoice price）的对数收益率，以百分比形式表示；与 Fama and French（1993）等类似，本文在构建债券组合和计算债券定价因子时，不考虑债券到期期限小于一年的债券以及当月刚发行的债券。

（二）利率风险和信用风险控制变量

资产定价的理论和实证分析中，将风险分为系统性风险和非系统性风险，非系统性风险可以通过构造一定数量的资产组合将其大部分分散掉，剩下不能分散的系统性风险将得到补偿。对于单只证券，不仅有系统性风险，也有非系统性风险，而讨论某个因素是否会影响资产定价时，通常讨论它是否是影响收益率的系统性因素，因此常采用构造组合的方式进行资产定价因素分析。Fama and French（1993）提出的债券定价两因子 TERM 和 DEF 是常见的利率风险和信用风险代理变量，其中，TERM 是长期国债与短期国债收益率之差，作为债券定价中的利率风险因子，DEF 是长期企业债与长期国债收益率之差，作为债券定价中的信用风险因子。

对于中国国债和企业债券市场的利率风险及信用风险，本文使用了谭地军等（2008）的方法，分别以 $LEVEL_t$ 和 DEF_t 作为中国企业债市场的利率风险和信用风险因子，以 $LEVEL_t$ 和 $SHORT_t$ 作为中国国债市场上的利率风险因子；其中，$LEVEL_t$ 表示第 t 期长期国债的收益率，$SHORT_t$ 表示第 t 期短期国债的收益率；在谭地军等（2008）的实证分析中，$LEVEL_t$ 和 DEF_t 可以解释约 78% 中国企业债券市场收益率的变化,控制了这两个因子后,Fama and French(1993)定义的债券市场利率风险因子 TERM(第 t 期长期国债与短期国债收益率之差)在中国企业债市场中的定价作用中是不显著的;LEVEL$_t$ 和 SHORT$_t$ 可以解释约87% 中国国债市场收益率的变化,由于 TERM$_t$ = LEVEL$_t$ - SHORT$_t$,所以期限结构斜率因子 TERM$_t$ 仍然是影响国债收益率的重要因素。

　　在计算以上风险因子时,都是通过构造债券组合的方法进行分析的,具体的分组方法为:国债和企业债分别以上个月(前期)的到期期限(maturity)进行分组,然后计算第 t 期(当期)的债券定价因子 SHORT$_t$、LEVEL$_t$、TERM$_t$、DEF$_t$,当月新上市的债券不进行分组和计算;对于所有债券变量,均将国债或企业债券(计算信用风险时)分别分成两组,由于样本的限制,为了避免极端值的影响,全部以中位数进行区分。

(三) 流动性风险

　　刻画证券市场流动性的指标有很多,如价差、深度、即时性和弹性、订单不平衡程度、价格冲击系数等,但这些变量大多来自日内高频数据;而对于债券市场,由于大部分的交易发生在 OTC 市场,在上海和深圳交易所交易的债券份额仅占交易量的10%左右。因此,本文使用日数据,采用 Amihud(2002)的方法,构造中国债券市场的流动性变量。Amihud(2002)将证券 i 第 s 个月的价格冲击系数定义为:

$$\text{ILIQ}_s^i = \frac{1}{\text{Days}_s^i} \sum_{t=1}^{\text{Days}_s^i} \frac{|R_{st}^i|}{M_{st}^i}$$

其中,R_{st}^i 为第 i 只证券第 s 个月第 t 天的收益率,M_{st}^i 为第 i 只证券第 s 个月第 t 天的交易金额,Days_s^i 为第 i 只证券第 s 个月的交易天数。证券的流动性越差,交易量对债券价格的冲击越大,ILIQ_s^i 越高。类似的,本文将第 t 天国债和企业债市场流动性定义为当天发生交易的各债券价格冲击系数的平均值,即:

$$\text{ILIQ}_t^T = \frac{1}{N_t^T} \sum_{i=1}^{N_t^T} \frac{|R_t^{T,i}|}{M_t^{T,i}}; \quad \text{ILIQ}_t^E = \frac{1}{N_t^E} \sum_{j=1}^{N_t^E} \frac{|R_t^{E,j}|}{M_t^{E,j}}$$

ILIQ_t^T、ILIQ_t^E 分别为第 t 天国债和企业债市场的流动性指标;N_t^T、N_t^E 分别为第 t 天实际发生交易的国债和企业债的数量;$R_t^{T,i}$、$R_t^{E,j}$ 分别为第 t 天国债市场第 i 只债券、企业债市场第 j 只债券的收益率;$M_t^{T,i}$、$M_t^{E,j}$ 分别为第 t 天国债市场第 i 只债券、企业债市场第 j 只债券的交易金额,以万元人民币为单位;计算市场收益

率 Y_t^T、Y_t^E 时,分别取当天市场所有发生交易的债券收益率的平均值,国债和企业债分别计算。

在数据处理时,本文从所有 64 940 笔(所有债券有效交易日之和)数据中删除了 $|R_t^{T,i}|/M_t^{T,i} > 10$ 或 $|R_t^{E,i}|/M_t^{E,i} > 10$(每万元交易将使得债券收益率变化大于 10%)的交易数据 135 笔,将其视为异常数据或数据库错误数据[1]。

四、研究假设及模型

本文从流动性短期影响的角度分析流动性的跨市场影响,并讨论流动性跨市场影响的内在原因。在分析流动性跨市场影响的内在原因之前,本文先分析流动性对各自市场的影响。因此,本文的研究假设主要包括两个,分别用于检验流动性对各自市场及跨市场收益率的影响:

假设1:若债券市场流动性具有显著的流动性补偿,则当期流动性下降(价格冲击系数上升)时,债券收益率亦会下降。

根据现有对流动性补偿的分析结论来看,从长期来看,流动性越高的资产要求的流动性补偿越低,而流动性越低的资产要求的流动性补偿越高,但从短期看,流动性变好时资产收益率上升,而流动性变差时资产收益率下降。[2] 由 Acharya and Pedersen(2005)对股票市场的理论及实证分析表明,流动性降低使得资产的当期收益率下降,未来收益率上升,将流动性的长期和短期作用统一起来。

对于不含期权的债券,若要求显著的流动性补偿、较高的未来预期收益率时,则当期(持有期)收益率必将下降,流动性与当期收益率呈正相关(价格冲击系数与收益率呈负相关)。[3] 也就是说,若债券市场流动性降低要求得到流动性补偿(未来收益率上升),则流动性下降时,市场当期收益率将下降;反之,流动性提高时,债券当期收益率将上升。本文使用价格冲击系数刻画债券的流动性,则债券价格冲击系数上升时,流动性补偿作用将使得债券当期收益率下降。

---

〔1〕 这135笔数据中,国债101笔,企业债34笔,绝大部分来自于交易相对不活跃的深圳交易所;这些数据的交易量和交易金额均较小,T检验表明,无法拒绝这些交易日债券收益率的均值为0的假设,影响这些交易日债券价格冲击系数较大的主要原因在于交易金额太小,因此可以认为,将这135笔数据从64 940笔数据中剔除,对整个市场收益率序列和流动性的影响不大。

〔2〕 本文所指的流动性为"liquidity"而非 Amihud(2002)等使用的"illiquidity";价格冲击系数越高,债券的流动性越差。

〔3〕 限于篇幅,相关推导过程未在这里列出,如有需要,请与作者联系。

假设 2:若市场之间存在广泛的"流动性转移",则一个市场的流动性下降(价格冲击系数上升),将引起另一个市场的收益率上升,市场之间流动性与收益率之间表现为负相关;相反,若市场之间流动性变化主要受共同因素的影响,则一个市场的流动性与另一个市场的收益率正相关。

一个市场流动性对另一个市场收益率具有跨市场影响的内在原因主要有两点:第一,不管是股票市场还是债券市场,流动性显著影响资产收益率,是资产定价的风险因子之一;[4]第二,市场之间的流动性具有相关性、领先滞后关系或因果关系。[5] 在这两方面研究结论的基础上,进一步需要回答的问题便是,流动性对收益率是否具有跨市场影响,即流动性的定价作用以及市场之间流动性的相关性,是否会使得一个市场的流动性影响到另一个市场的收益率。

流动性对收益率具有跨市场影响的原因,主要有两个方面:第一,共同因素的影响。一些共同因素,如货币政策的变化、利率的变动等,同时影响了两个市场的流动性和收益率,从而使一个市场的流动性与另一个市场的流动性及收益率显著相关。第二,市场之间"流动性转移"行为的影响,即市场之间的投资管理行为,也可能使得一个市场的流动性影响到另一个市场的流动性及收益率。

在现有文献的分析中,如 Amihud 等(1990)、Beber 等(2008)、Underwood(2008)等,将"流动性转移"定义为投资者把投资组合从流动性差的资产调整到流动性好的资产的过程,可以看出,与基于资产质量(quality)变化的"安全性转移"(flight-to-quality)类似,"流动性转移"是一种基于资产流动性变化的投资组合调整。若两个市场之间存在广泛的"流动性转移"行为,则一个市场流动性变差时,投资将转向另一个市场,使得前者收益率下降,后者收益率上升。因此,在跨市场"流动性转移"行为的影响下,一个市场的流动性下降将引起另一个市场的收益率上升。相反,如果是共同因素使得流动性对收益率具有跨市场影响,则一个市场的流动性降低时,则预示着共同因素将使得两个市场的流动性同时降低,两个市场的收益率都将下降。因此,在共同因素的影响下,一个市场的流动性降低时,另一个市场的收益率也会下降。

根据以上两个研究假设,为了考察流动性对各自市场和跨市场收益率的影响,并讨论流动性具有跨市场影响的原因,我们建立近似无关联立方程模型

────────────────

〔4〕　见 Amihud and Mendelson(1986)、Brennan and Subrahmanyam(1996)、Amihud(2002)、Liu(2007)、吴文锋等(2003)、陆静和唐小我(2004)、苏冬蔚和麦元勋(2004)等对股票市场的分析,以及 Houweling 等(2005)、Chen 等(2007)、郭泓和武康平(2006)等对债券市场的分析。

〔5〕　见 Chordia 等(2005)、Goyenko and Ukhov(2008)等的分析结论。

（system of seemingly unrelated regression, SUR），如模型一所示。

模型一：

$$Y_t^T = \alpha_0 + \alpha_1 \mathrm{ILIQ}_t^T + \alpha_2 \mathrm{ILIQ}_t^E + \alpha_3 \mathrm{SHORT}_t + \alpha_4 \mathrm{LEVEL}_t + \varepsilon_t^T$$

$$Y_t^E = \beta_0 + \beta_1 \mathrm{ILIQ}_t^T + \beta_2 \mathrm{ILIQ}_t^E + \beta_3 \mathrm{DEF}_t + \beta_4 \mathrm{LEVEL}_t + \varepsilon_t^E$$

$$\mathrm{E}[\varepsilon_t^T] = 0, \quad \mathrm{E}[\varepsilon_t^E] = 0; \quad \mathrm{E}[\varepsilon_t^T \cdot \varepsilon_s^E] = \begin{cases} \sigma & \text{If } t = s \\ 0 & \text{Otherwise} \end{cases}$$

模型一中，Y_t^T 为第 t 个交易日国债的市场超额收益率，Y_t^E 为第 t 个交易日企业债的市场超额收益率；ILIQ_t^T 为第 t 个交易日国债市场的流动性指标，ILIQ_t^E 为第 t 个交易日企业债市场的流动性指标。为了控制利率风险及信用风险因子的影响，结合 Fama and French（1993）、谭地军等（2008）的分析，模型一中也分别加入 SHORT_t、LEVEL_t 控制利率风险对国债市场的影响，加入 DEF_t 和 LEVEL_t 分别控制信用风险和利率风险对企业债券市场的影响。

根据研究假设 1，若债券市场流动性具有显著的流动性补偿，则当期流动性下降、ILIQ 上升时，债券收益率亦会下降，价格冲击系数与自己市场当期收益率负相关，α_1、β_2 的预期为负。

根据研究假设 2，若中国企业债与国债市场之间存在广泛的"流动性转移"行为，则一个市场流动性下降、ILIQ 上升时，投资将转向另一个市场，使得前者收益率下降，后者收益率上升，α_2、β_1 的预期为正；相反，如果共同因素使得流动性对收益率具有跨市场影响，则一个市场流动性下降、ILIQ 上升时，预示着两个市场收益率都将下降，α_2、β_1 的预期为负。

五、实 证 结 果

（一）收益率与流动性的描述性统计

在样本区间内，国债和企业债收益率、流动性的描述性统计如表 1 所示。其中，Y_t^T、Y_t^E 分别为国债和企业债市场收益率序列，ILIQ_t^T、ILIQ_t^E 分别为国债和企业债市场的流动性变量，收益率为收盘全价（或发票价格，invoice price）的对数收益率（百分比形式），流动性变量为在 Amihud（2002）的基础上定义的每万元交易对收益率的冲击系数。

表 1　债券市场收益率和流动性的描述性统计

	Y_t^T	Y_t^E	$ILIQ_t^T$	$ILIQ_t^E$
均值	0.0095	0.0215	0.0650	0.0311
中位数	0.0188	0.0226	0.0300	0.0084
最大值	1.0437	0.9088	1.2021	0.6285
最小值	−1.4081	−1.2912	0.0000	0.0002
标准差	0.1531	0.1383	0.1053	0.0631
偏度	−1.7990	−1.6949	4.2301	4.3955
峰度	18.4685	18.6897	29.8901	27.7131
Jarque-Bera	15 858.43	16 200.29	49 963.97	43 259.05
P-value	0.0000	0.0000	0.0000	0.0000
样本量	1 509	1 509	1 509	1 509

注:Y_t^T、Y_t^E 分别为国债和企业债收益率序列,$ILIQ_t^T$、$ILIQ_t^E$ 分别为国债和企业债的流动性变量,收益率为全价(或发票价格)的对数收益率(百分比形式),流动性变量为每万元交易对收益率的冲击系数。

由表 1 的统计结果可以看出,虽然国债的信用质量比企业债更高,但国债市场波动率(收益率标准差)高于企业债市场,且流动性也要比企业债券差,这一点与成熟的债券市场是有差别的。若考虑不同的样本区间,如仅使用 2004 年至 2006 年的样本,国债市场波动率可能小于企业债市场,国债的流动性也可能要好于企业债的流动性。无论如何,表 1 的结果说明,由于市场不够成熟,中国债券市场上,国债的波动性可能会比企业债市场高,流动性可能会比企业债市场差,其主要原因可能在于中国国债市场的规模太小,与成熟国家的国债市场相比,发行量较小,品种也不齐全,因此,流动性不好,受外部冲击引起的波动率也较大。由于利率风险及信用风险是影响债券价格变化的主要因素,下面将分析控制了利率风险和信用风险后,流动性对债券收益率的影响以及流动性的跨市场影响。

(二) 市场不确定性

利用模型一,可以分析流动性对各自市场及跨市场收益率的影响,但根据 Connolly 等(2005,2007)、Goyenko and Ukhov(2008)、Underwood(2008)等分析,在不同的市场条件下,市场之间流动性、收益率的关系,以及跨市场投资转移行为都将表现为不同的特征。因此,在不同市场条件下,流动性的跨市场影响亦可能不同。为了考虑不同市场状态下流动性的影响作用,我们根据市场波动率和流动性区分不同的市场状态,并分析不同市场状态下的结果。其中,市场流动性的定义如本文前面第三部分所示;对于市场波动率,本文使用 Bollerslev 等 (1988)、Bali(2008)等所示的 VEC 形式的多元 GARCH(multivariate GARCH, MGARCH)模型对国债和企业债市场收益率建模,然后计算 GARCH 条件波动 率作为市场波动率的大小,模型设定及估计请见本文附录。除了使用 VEC 形 式的多元 GARCH 模型外,本文也使用了 CCC(constant conditional correlation; Bollerslev,1990)、BKKK(Engle and Kroner,1995)等其他形式的多元 GARCH 模 型进行波动率的建模,使用不同的 MGARCH 对本文的主要结论无实质性影响。 实际上,各种模型计算出来的国债、企业债市场收益率条件方差及条件协方差 非常接近(见附录)。

(三) 流动性对收益率的影响

根据前面得到的市场流动性和波动率,在各种市场状态下估计模型一,其 估计结果如表 2 所示。其中,无条件表示不区分市场状态下全样本估计结果; 与 Underwood(2008)的分析类似,国债或企业债市场波动率高表示国债或企业 债市场波动率高于样本区间内各自波动率中位数条件下模型一的估计结果;同 理,国债或企业债市场流动性低表示国债或企业债市场流动性低于(平均价格 冲击系数高于)样本区间内各自流动性中位数条件下模型一的估计结果。由 表 2 的估计结果可以发现:

(1)对于流动性的跨市场影响,在所有样本以及国债或企业债市场流动性 较差的条件下,α_2 显著为负,企业债市场流动性都具有跨市场影响,显著影响国 债市场收益率;同时,当市场出现危机,尤其是国债市场波动率较高时,α_2 的绝 对值越大,企业债市场流动性的跨市场影响越强。由于企业债市场价格冲击系 数与国债市场收益率呈负相关关系,企业债市场流动性降低时,国债市场收益 率显著下降,因此,根据本文研究假设 2,流动性具有跨市场影响的原因不在于 两个市场之间的"流动性转移"行为,而主要在于共同因素的影响,使得企业债 市场流动性降低时,同时影响了两个市场。因为当企业债市场流动性降低、 ILIQ 上升时,从企业债市场到国债市场的"流动性转移"将使国债市场收益率 上升,从而企业债市场价格冲击系数与国债市场收益率应表现为正相关关系, 而不是负相关关系。

表 2   不同市场条件下模型一的估计结果

		c	$ILIQ_t^T$	$ILIQ_t^E$	$SHORT_t/$ DEF_t	$LEVEL_t$	$\bar{R}^2$
所有样本	Y_t^T	−0.0028 (0.12)	**−0.0297** (**0.03**)	**−0.0416** (**0.06**)	0.5311 (0.00)	0.4494 (0.00)	0.8718
	Y_t^E	0.0014 (0.51)	−0.0021 (0.89)	−0.0037 (0.89)	0.5318 (0.00)	0.5938 (0.00)	0.7850
国债波动 率高	Y_t^T	−0.0011 (0.73)	−0.0335 (0.15)	**−0.0783** (**0.07**)	0.5159 (0.00)	0.4641 (0.00)	0.8579
	Y_t^E	0.0027 (0.31)	−0.0446 (0.02)	0.0917 (0.01)	0.5258 (0.00)	0.5790 (0.00)	0.8701
国债流动 性低	Y_t^T	−0.0017 (0.46)	−0.0205 (0.21)	**−0.0513** (**0.02**)	0.4911 (0.00)	0.4640 (0.00)	0.9268
	Y_t^E	0.0038 (0.29)	−0.0307 (0.23)	−0.0016 (0.96)	0.5233 (0.00)	0.6010 (0.00)	0.8253
企业债波动 率高	Y_t^T	0.0001 (0.96)	−0.0340 (0.03)	**−0.0503** (**0.07**)	0.4083 (0.00)	0.4962 (0.00)	0.8996
	Y_t^E	−0.0017 (0.68)	0.0072 (0.74)	0.0076 (0.84)	0.5452 (0.00)	0.6025 (0.00)	0.7723
企业债流动 性低	Y_t^T	−0.0025 (0.44)	−0.0311 (0.11)	**−0.0454** (**0.10**)	0.5535 (0.00)	0.4539 (0.00)	0.8798
	Y_t^E	0.0051 (0.18)	−0.0368 (0.11)	−0.0093 (0.78)	0.5304 (0.00)	0.5967 (0.00)	0.7954

注: Y_t^T 为第 t 个交易日国债的市场超额收益率; Y_t^E 为第 t 个交易日企业债的市场超额收益率。无条件表示不区分市场状态下全样本估计结果;国债波动率高、流动性低表示国债波动率和价格冲击系数($ILIQ_t^T$)均高于样本区间内的中位数条件下模型的估计结果;企业债波动率高、流动性低表示企业债市场波动率和价格冲击系数($ILIQ_t^E$)均高于样本区间内的中位数条件下模型的估计结果;对于国债和企业债券市场的波动率,使用 AR(3)-MGARCH 进行建模,计算 GARCH 条件波动率作为市场波动率的代理变量;对于国债和企业债市场的流动性,首先使用 Amihud(2002)的方法计算每天每只债券的价格冲击系数,然后计算价格冲击系数的平均值作为市场流动性的代理变量;模型的具体估计方法见 Greene(2003),括号中为系数估计的 p-value。

(2) 国债和企业债市场流动性对各自市场收益率的影响表现出了不同的特征。对于国债市场,考虑了流动性的跨市场影响后,总体上(无条件)α_1 显著为负,国债市场价格冲击系数与国债市场收益率显著负相关。根据前面的分析,当国债流动性降低、价格冲击系数上升时,当期收益率将显著下降,未来预期收益率显著上升,国债市场流动性具有显著的流动性补偿。

(3) 虽然企业债市场流动性对国债市场收益率具有跨市场影响,但企业债市场流动性对企业债市场收益率的影响(模型一中的 β_2)总体上是不显著的;在国债市场波动率较高条件下 β_2 显著,但符号为正,没有发现企业债市场存在流动性补偿的显著证据。

　　总的来看,表 2 的结论说明,国债市场价格冲击系数与国债市场收益率呈显著负相关,根据前面的分析,预示着国债市场存在显著的流动性补偿;企业债市场价格冲击系数具有跨市场作用,显著影响国债市场收益率,但由于呈负相关,其原因在于共同因素的影响而不在于市场之间的"流动性转移"行为。

(四) 预期与非预期流动性的影响

　　根据现有理论及实证研究结论,预期和非预期的流动性影响可能存在差异,如 Amihud(2002) 对股票市场的实证分析发现,在流动性补偿的作用下,预期的流动性下降("不流动性"上升)时,股票的收益率将显著上升,但非预期的流动性下降,股票收益率将显著下降。Goyenko(2006) 对国债市场的研究也得到了与 Amihud 类似的结论。因此,为了区分预期和非预期流动性的影响,我们在模型一的基础上,建立实证模型二。

　　模型二:

$$Y_t^{\mathrm{T}} = \alpha_0 + \alpha_1 \mathrm{ILIQ}_t^{\mathrm{T,E}} + \alpha_2 \mathrm{ILIQ}_t^{\mathrm{T,U}} + \alpha_3 \mathrm{ILIQ}_t^{\mathrm{E,E}} + \alpha_4 \mathrm{ILIQ}_t^{\mathrm{E,U}}$$
$$+ \alpha_5 \mathrm{SHORT}_t + \alpha_6 \mathrm{LEVEL}_t + \varepsilon_t^{\mathrm{T}}$$

$$Y_t^{\mathrm{E}} = \beta_0 + \beta_1 \mathrm{ILIQ}_t^{\mathrm{T,E}} + \beta_2 \mathrm{ILIQ}_t^{\mathrm{T,U}} + \beta_3 \mathrm{ILIQ}_t^{\mathrm{E,E}} + \beta_4 \mathrm{ILIQ}_t^{\mathrm{E,U}}$$
$$+ \beta_5 \mathrm{DEF}_t + \beta_6 \mathrm{LEVEL}_t + \varepsilon_t^{\mathrm{E}}$$

$$E[\varepsilon_t^{\mathrm{T}}] = 0, \quad E[\varepsilon_t^{\mathrm{E}}] = 0; \quad E[\varepsilon_t^{\mathrm{T}} \cdot \varepsilon_s^{\mathrm{E}}] = \begin{cases} \sigma & \text{If } t = s \\ 0 & \text{Otherwise} \end{cases}$$

　　模型二中,$\mathrm{ILIQ}_t^{\mathrm{T,E}}$、$\mathrm{ILIQ}_t^{\mathrm{T,U}}$ 分别为国债市场预期和非预期流动性;$\mathrm{ILIQ}_t^{\mathrm{E,E}}$、$\mathrm{ILIQ}_t^{\mathrm{E,U}}$ 分别为企业债市场预期和非预期流动性。与 Amihud(2002)、Goyenko(2006)类似,对于国债和企业债市场预期流动性,分别使用流动性的滞后一阶 $\mathrm{ILIQ}_{t-1}^{\mathrm{T}}$、$\mathrm{ILIQ}_{t-1}^{\mathrm{E}}$ 代替;而对于非预期流动性,则首先使用 AR(1) 模型对市场流动性进行估计,然后取残差作为非预期流动性的代理变量。[6]

　　根据模型二,对于流动性补偿,结合前面的分析,若国债市场存在流动性补偿,则流动性下降(价格冲击系数 ILIQ 上升),将使得当期收益率下降,未来收

---

　　〔6〕　具体解释参见 Amihud(2002)。同时,本文亦使用了其他方式描述预期流动性,如使用 AR(3)模型,或基于两个市场流动性建立 VAR(1)、VAR(5)模型,将这些模型的拟合值作为预期流动性,残差作为非预期的流动性。实证发现,使用不同形式的预期和非预期流动性变量,对结论无实质性影响。

益率上升,模型二中 α_1 显著为正、α_2 显著为负;同理,若企业债市场存在流动性补偿,则模型二中 β_3 显著为正、β_4 显著为负。

Goyenko(2006)对股票和国债市场流动性跨市场影响的分析发现,当股票市场非预期流动性变差或"不流动性"增强时,国债市场收益率显著上升,预示着从股票市场到国债市场的"流动性转移"行为;而当国债市场非预期流动性变差或"不流动性"增强时,股票市场收益率显著下降,其主要原因在于国债和股票市场共同因素的影响。与 Goyenko(2006)的分析类似,若存在从企业债到国债市场的"流动性转移",则当企业债出现流动性危机、非预期流动性变差(非预期价格冲击系数增加)时,投资转向国债市场,"流动性转移"行为将使得国债市场收益率上升,模型二中 α_4 显著为正;同理,若存在从国债到企业债市场的"流动性转移",则模型二中 β_2 显著为正。相反,若流动性的跨市场影响来自于共同因素,则模型二中 α_4、β_2 显著为负。

在各种市场条件下,模型二的估计结果如表 3 所示。

表 3　不同市场条件下模型二的估计结果

	解释变量	c	$ILIQ_t^{T,E}$	$ILIQ_t^{T,U}$	$ILIQ_t^{E,E}$	$ILIQ_t^{E,U}$	$SHORT_t/$ DEF_t	$LEVEL_t$	$\bar{R}^2$
所有样本	Y_t^T	−0.0070 (0.00)	0.0198 (0.14)	**−0.0339** **(0.01)**	−0.0090 (0.69)	**−0.0454** **(0.05)**	0.5314 (0.00)	0.4494 (0.00)	0.8719
	Y_t^E	0.0009 (0.66)	−0.0058 (0.71)	−0.0018 (0.91)	0.0180 (0.49)	−0.0093 (0.74)	0.5318 (0.00)	0.5935 (0.00)	0.7848
国债波动 率高	Y_t^T	−0.0071 (0.03)	0.0259 (0.26)	**−0.0412** **(0.08)**	−0.0153 (0.72)	**−0.0820** **(0.06)**	0.5167 (0.00)	0.4637 (0.00)	0.8579
	Y_t^E	0.0013 (0.62)	−0.0094 (0.61)	−0.0451 (0.02)	0.0625 (0.07)	0.0854 (0.02)	0.5255 (0.00)	0.5785 (0.00)	0.8700
国债流动 性低	Y_t^T	−0.0065 (0.00)	0.0335 (0.04)	**−0.0301** **(0.07)**	−0.0204 (0.34)	**−0.0518** **(0.02)**	0.4921 (0.00)	0.4637 (0.00)	0.9271
	Y_t^E	0.0035 (0.34)	−0.0235 (0.35)	−0.0259 (0.33)	0.0009 (0.98)	−0.0010 (0.98)	0.5232 (0.00)	0.6009 (0.00)	0.8249
企业债波动 率高	Y_t^T	−0.0073 (0.02)	0.0515 (0.01)	**−0.0391** **(0.02)**	−0.0159 (0.55)	**−0.0558** **(0.06)**	0.4085 (0.00)	0.4960 (0.00)	0.9004
	Y_t^E	0.0001 (0.99)	−0.0216 (0.45)	0.0096 (0.66)	0.0187 (0.61)	0.0044 (0.91)	0.5451 (0.00)	0.6024 (0.00)	0.7720
企业债流动 性低	Y_t^T	−0.0083 (0.01)	0.0414 (0.05)	**−0.0407** **(0.04)**	−0.0169 (0.55)	**−0.0473** **(0.09)**	0.5510 (0.00)	0.4551 (0.00)	0.8802
	Y_t^E	0.0022 (0.55)	−0.0106 (0.68)	−0.0365 (0.12)	0.0195 (0.56)	−0.0138 (0.68)	0.5305 (0.00)	0.5966 (0.00)	0.7950

注:$ILIQ_t^{T,E}$、$ILIQ_t^{T,U}$ 分别为国债市场预期和非预期流动性;$ILIQ_t^{E,E}$、$ILIQ_t^{E,U}$ 分别为企业债市场预期和非预期流动性。预期流动性由流动性的滞后一阶 $ILIQ_{t-1}^T$、$ILIQ_{t-1}^E$ 代替;而对于非预期流动性,首先使用 AR(1)模型对市场流动性进行估计,然后取残差作为非预期流动性的代理变量。模型的具体估计方法见 Greene(2003),括号中为系数估计的 p-value。

由表 3 的结果可以看出:

(1) 对于市场内流动性补偿,无条件下模型二中 α_2 显著为负,α_1 显著性较微弱,说明国债市场流动性的影响主要源于非预期流动性的作用,但国债或企业债市场不确定性较高时,如国债和企业债市场流动性降低或企业债市场波动率增加时,α_1 也显著为正。与 Amihud(2002) 对股票市场以及 Goyenko(2006) 对债券市场的分析结论一致,以上结论说明中国国债市场存在显著的流动性补偿。相反,在各种条件下,模型二中 β_3 和 β_4 基本都不显著,说明中国企业债市场预期和非预期的流动性均不会引起显著的流动性补偿。

(2) 对于流动性的跨市场影响,在无条件和各种市场不确定性较高的条件下,α_4 均显著为负,当企业债市场非预期价格冲击系数增加时,国债市场收益率将显著下降。表 3 的结论再一次支持了"共同因素"的假设,"流动性转移"行为不是中国国债和企业债市场上流动性具有跨市场影响的主要原因。

总的来看,表 3 的结论与表 2 基本一致:国债市场具有显著的流动性补偿;受共同因素的影响,企业债市场流动性显著影响国债市场收益率。与表 2 中模型一的估计结果相比,表 3 中模型二的估计结果说明,不管是国债市场的流动性补偿作用,还是企业债市场流动性的跨市场影响,均主要在于非预期流动性的影响,预期流动性的影响较微弱。

(五) 市场流动性之间以及流动性与收益率之间的相互影响

上面的分析发现中国国债与企业债市场之间,流动性对收益率具有跨市场影响,根据 Chordia 等(2005)、Goyenko and Ukhov(2008) 等的分析,市场与市场流动性之间可能还存在相互影响及领先滞后关系。另外,由于市场出现危机、收益率下跌时,也往往使得市场流动性较差,收益率的变化亦可能引起流动性的变化。在前面分析的基础上,为了讨论这种市场之间流动性的相互影响,以及流动性与收益率的相互影响,进一步分析流动性跨市场影响的原因和机制,本文建立了 VAR 模型,如模型三所示。

模型三:

$$Y_t = \alpha + \sum_{i=1}^{5} \theta_i Y_{t-i} + \varphi X + \varepsilon$$

其中,$Y_t = (ILIQ_t^T, ILIQ_t^E, Y_t^T, Y_t^E)^T$ 为内生变量向量[7];α 为 4×1 的模型常数项向量;θ_i 为 4×4 的系数矩阵,表示各内生变量第 i 阶滞后的影响;为了控制利率风险及信用风险的影响,设定 $X = (SHORT, LEVEL, DEF)^T$ 为外生变量向量,φ 为这些外生变量的系数矩阵。基于模型三,可以构建脉冲响应函数(impulse response functions,IRFs),分析各变量之间的相互影响。IRFs 描述的是各内生变量一个标准差大小的冲击(innovations),对所有内生变量未来的影响大小及影响时间长短。由于各内生变量之间的冲击可能存在相关性,本文使用了标准的 Cholesky 分解方法,对 VAR 模型的残差(也即冲击)进行正交化,然后根据模型三的系数估计结果,构建 IRFs。根据各内生变量之间的相互冲击或影响的 IRFs(限于篇幅,未列出),国债市场和企业债市场的流动性存在相互影响,且为同向影响,说明两个市场流动性的变化主要受共同因素的影响,但这种影响仅在 2—3 期以后才表现出来,存在一定滞后。对于流动性对收益率的冲击,企业债市场流动性对国债市场收益率有显著的短期影响,而国债市场流动性对未来企业债市场收益率的冲击是不显著的,与表 2 和表 3 的结论一致,国债和企业债市场流动性的变化,以及流动性的跨市场影响,均主要受共同因素的影响。关于收益率对流动性的冲击,国债市场收益率也会对企业债市场流动性具有显著的短期影响,这说明国债市场收益率与企业债市场流动性具有双向的领先滞后关系。

这些结论说明,受债券市场共同因素的作用,除了企业债流动性影响同期的国债收益率外,国债市场与企业债市场的流动性之间还存在显著的领先滞后关系,一个市场流动性的变化对未来另一个市场流动性有显著影响。即在共同因素的影响下,流动性的跨市场影响,除了表现为一个市场流动性对另一个市场收益率的直接影响外,也表现为一个市场流动性的变化首先影响到另一个市场的流动性,再通过流动性的变化影响到其收益率的间接影响。

---

〔7〕　由于 VAR 模型内各内生变量的顺序变化可能会影响实证结果的差异,在设定 VAR 模型内生变量顺序时,其基本原则是前面变量对后面变量的影响,相对于后面变量对前面变量的影响更强。模型三在设定内生变量顺序时,假设国债市场对企业债市场的影响比企业债市场对国债市场的影响更强,流动性对收益率的影响比收益率对流动性的影响更强。为了检验结果的稳健性,如果假设企业债市场对国债市场的影响更强,模型三中将内生变量的顺序设定为 $Y_t = (ILIQ_t^E, ILIQ_t^T, Y_t^E, Y_t^T)^T$,或者假设收益率对流动性的影响更强,将内生变量顺序设为 $Y_t = (Y_t^E, Y_t^T, ILIQ_t^E, ILIQ_t^T)^T$,结论(限于篇幅未报告)均不发生实质性变化。

（六）宏观（货币市场）与微观（资本市场）流动性

由债券定价原理,利率变化或中央银行货币政策调整对债券定价有着非常重要的影响。图 1 和图 2 分别描述了国债市场日平均收益率和企业债市场日平均收益率。在 2004 年 4 月 29 日（第 1 031 个样本）左右,国债和企业债市场收益率均出现了较大的波动,其主要原因在于,从 2004 年 4 月 25 日起,中国人民银行将资本充足率低于一定水平的金融机构存款准备金率提高 0.5 个百分点,执行 7.5% 的存款准备金率,同时,不同金融机构之间实行差别存款准备金率制度,即金融机构适用的存款准备金率与其资本充足率、资产质量状况等指标挂钩。金融机构资本充足率越低、不良贷款比率越高,适用的存款准备金率就越高;反之,金融机构资本充足率越高、不良贷款比率越低,适用的存款准备

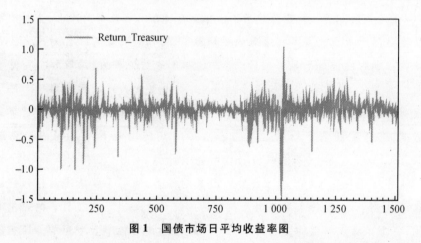

图 1　国债市场日平均收益率图

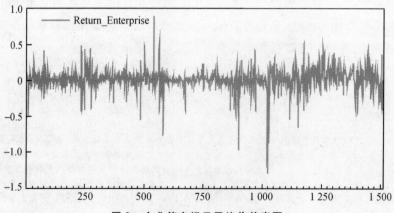

图 2　企业债市场日平均收益率图

金率就越低。在 2004 年 4 月之前的一段时间里,金融机构贷款进度较快,部分银行扩张倾向明显,实行差别存款准备金制度可以制约资本充足率不足且资产质量不高的金融机构的贷款扩张。[8] 存款准备金的调整、货币市场资金供求(宏观流动性)的变化,亦可能影响到金融市场的微观流动性(Chordia 等,2005),因此,本文以 2004 年 4 月 29 日为界限将所有样本分成两个部分,分别就 2004 年 4 月 29 日前和 2004 年 4 月 30 日后的样本对模型一和模型二进行估计,估计结果如表 4 和表 5 所示。

表 4　不同样本区间模型一的估计结果

		c	$ILIQ_t^T$	$ILIQ_t^E$	$SHORT_t/$ DEF_t	$LEVEL_t$	$\bar{R}^2$
2004-04-29 之前	Y_t^T	−0.0034 (0.11)	**−0.0621** **(0.00)**	**−0.0799** **(0.07)**	0.5708 (0.00)	0.4184 (0.00)	0.8499
	Y_t^E	0.0009 (0.68)	0.0090 (0.68)	−0.0097 (0.60)	0.5235 (0.00)	0.5699 (0.00)	0.7955
2004-04-30 之后	Y_t^T	0.0003 (0.92)	0.0089 (0.64)	**−0.0573** **(0.00)**	0.2845 (0.00)	0.5564 (0.00)	0.9296
	Y_t^E	0.0022 (0.71)	−0.0351 (0.36)	0.0051 (0.90)	0.5509 (0.00)	0.6271 (0.00)	0.7442

注:Y_t^T 为第 t 个交易日国债的市场超额收益率;Y_t^E 为第 t 个交易日企业债的市场超额收益率;对于国债和企业债市场的流动性,首先使用 Amihud(2002)的方法计算每天每只债券的价格冲击系数,然后计算价格冲击系数的平均值作为市场流动性的代理变量;模型的具体估计方法见 Greene(2003),括号中为系数估计的 p-value。

表 5　不同样本区间模型二的估计结果

		c	$ILIQ_t^{T,E}$	$ILIQ_t^{T,U}$	$ILIQ_t^{E,E}$	$ILIQ_t^{E,U}$	$SHORT_t/$ DEF_t	$LEVEL_t$	$\bar{R}^2$
2004-04-29 之前	Y_t^T	−0.0092 (0.00)	0.0028 (0.87)	**−0.0631** **(0.00)**	−0.0222 (0.62)	**−0.0789** **(0.08)**	0.5709 (0.00)	0.4186 (0.00)	0.8487
	Y_t^E	0.0008 (0.71)	0.0124 (0.47)	0.0081 (0.64)	−0.0143 (0.75)	−0.0055 (0.90)	0.5235 (0.00)	0.5701 (0.00)	0.7952
2004-04-30 之后	Y_t^T	−0.0003 (0.92)	0.0088 (0.64)	0.0070 (0.72)	−0.0308 (0.13)	**−0.0554** **(0.01)**	0.2849 (0.00)	0.5561 (0.00)	0.9294
	Y_t^E	0.0019 (0.75)	−0.0513 (0.17)	−0.0233 (0.55)	0.0424 (0.29)	0.0004 (0.99)	0.5513 (0.00)	0.6284 (0.00)	0.7445

注:$ILIQ_t^{T,E}$、$ILIQ_t^{T,U}$ 分别为国债市场预期和非预期流动性;$ILIQ_t^{E,E}$、$ILIQ_t^{E,U}$ 分别为企业债市场预期和非预期流动性。预期流动性使用流动性的滞后一阶 $ILIQ_{t-1}^T$、$ILIQ_{t-1}^E$ 代替;而对于非预期流动性,则首先使用 AR(1)模型对市场流动性进行估计,然后取残差作为非预期流动性的代理变量。模型的具体估计方法见 Greene(2003),括号中为系数估计的 p-value。

[8]　详情请见 http://www.pbc.gov.cn/detail.asp? col=443&ID=103。

由表4和表5的结果,对于流动性的跨市场影响,不管是2004年4月29日之前,还是2004年4月30日之后,企业债市场(非预期)流动性均显著影响国债市场收益率,且与前面的分析结果一致,企业债市场非预期流动性下降(ILIQ$_t^{E,U}$上升)时,国债市场收益率显著下降,支持共同因素的假设。不同的是,对于国债市场(非预期)流动性的补偿作用,仅在2004年4月29日之前显著,在2004年4月30日之后则变得不显著。经统计发现,2004年4月29日之前,国债市场的价格冲击系数ILIQ$_t^T$平均值(中位数)约为0.0501(0.0149),2004年4月30日之后约为0.0962(0.0671)左右,均值t检验或中位数Wilcoxon检验发现,2004年4月30日之后,国债市场的价格冲击系数ILIQ$_t^T$的均值和中位数均显著高于2004年4月29日之前。这说明存款准备金制度调整后,宏观货币流动性降低,货币市场资金供给减少也导致了债券市场微观交易流动性降低。更为重要的是,在中国债券市场本身流动性较差、市场参与者较少的情况下,流动性进一步下降后,投资者进一步缩小为特定群体,如一些金融机构的交易目的主要在于资产负债管理而并非根据债券价格变化获利,因此它们对债券流动性的关注可能进一步降低,从而可能使流动性的补偿作用变得不显著。

六、结 论

本文分析了各种市场不确定性条件下,中国国债与企业债市场流动性对各自市场及跨市场收益率的影响。对流动性的跨市场影响分析发现,流动性不仅影响各自市场收益率,还可能影响到相关市场的收益率;中国企业债市场流动性显著影响中国国债市场收益率,其原因在于债券市场共同因素的影响,而不在于市场之间的"流动性转移"行为;共同因素引起的流动性跨市场影响,除了表现为一个市场流动性对另一个市场收益率的直接影响外,也表现为一个市场流动性的变化首先影响到另一个市场流动性,再通过流动性的变化影响到其收益率的间接影响。控制了流动性的跨市场影响后,国债市场价格冲击系数与国债市场收益率呈显著负相关,预示着显著的流动性补偿;在各种市场条件下,企业债市场价格冲击系数对企业债市场收益率的影响均不显著,企业债市场不存在流动性补偿的证据。通过分析预期和非预期流动性的不同影响,本文发现,国债市场流动性补偿及流动性跨市场影响的原因均主要在于非预期流动性的影响。此外,通过分析不同样本区间流动性影响的差异,本文还发现,宏观货币政策变化引起的宏观流动性的变化,将会影响到金融市场交易的微观流动性。2004 年 4 月,中国人民银行提高金融机构存款准备金率并实行差别存款准备金制度后,国债市场价格冲击系数显著增加、流动性显著下降,在中国债券市场本身流动性较差、市场参与者较少的情况下,流动性进一步下降后,投资者发生了变化,他们对债券流动性的关注可能进一步降低,从而使得流动性的补偿作用可能变得不显著。

　　本文详细讨论了中国债券市场上流动性对各自市场收益率的短期影响,以及流动性对收益率的跨市场影响,研究结论不仅对债券投资者有现实的指导意义,也反映出我国不够成熟的债券市场环境下的一些特殊问题,如企业债市场的流动性补偿不显著等,这些现实状况也可能是投资者在风险程度不同的债券市场之间进行风险管理和投资转移的影响因素之一。

附　录　多元 GARCH 模型估计的两个债券市场条件方差和协方差

　　在不同的市场条件下,市场之间流动性、收益率的关系,以及跨市场投资转移行为都将表现为不同的特征。为了分析不同波动率条件下流动性的影响,本文使用 Bollerslev 等(1988)、Bali(2008)等所示的 VEC 形式的多元 GARCH(multivariate GARCH,MGARCH)模型对国债和企业债市场收益率进行建模,计算 GARCH 条件波动率作为市场波动率的大小。VEC-MGARCH 模型的设定如下:

$$Y_t^E = b_{E,0} + b_{E,1} Y_{t-1}^E + b_{E,2} Y_{t-2}^E + b_{E,3} Y_{t-3}^E + \varepsilon_{E,t}$$

$$Y_t^T = b_{T,0} + b_{T,1} Y_{t-1}^T + b_{T,2} Y_{t-2}^T + b_{T,3} Y_{t-3}^T + \varepsilon_{T,t}$$

$$E_{t-1}[\varepsilon_{E,t}^2] = h_{EE,t} = \omega_E + \alpha_E \varepsilon_{E,t-1}^2 + \beta_E h_{EE,t-1}$$

$$E_{t-1}[\varepsilon_{T,t}^2] = h_{TT,t} = \omega_T + \alpha_T \varepsilon_{T,t-1}^2 + \beta_T h_{TT,t-1}$$

$$E_{t-1}[\varepsilon_{E,t}\varepsilon_{T,t}] = h_{ET,t} = \omega_{ET} + \alpha_{ET} \varepsilon_{E,t-1} \varepsilon_{T,t-1} + \beta_{ET} h_{ET,t-1}$$

其中,条件均值等式主要根据收益率的偏相关系数确定;$E_{t-1}[\cdot]$ 为基于 $t-1$ 期及其以前所有信息的条件期望;$h_{EE,t}$ 为第 t 期企业债市场的条件方差,$h_{TT,t}$ 为第 t 期国债市场的条件方差,$h_{ET,t}$ 为第 t 期企业债和国债市场的条件协方差。使用极大似然方法估计 VEC-MGARCH 模型,其中似然函数为:

$$L(\Theta) = -\frac{1}{2} \sum_{t=1}^{N} \left[\ln(2\pi) + \ln|H_t| + \varepsilon_t' H_t^{-1} \varepsilon_t \right]$$

其中,$H_t = \begin{bmatrix} h_{EE,t} & h_{ET,t} \\ h_{ET,t} & h_{TT,t} \end{bmatrix}$,$\varepsilon_t = \begin{bmatrix} \varepsilon_{E,t} \\ \varepsilon_{T,t} \end{bmatrix} = \begin{bmatrix} Y_t^E - b_{E,0} - b_{E,1} Y_{t-1}^E - b_{E,2} Y_{t-2}^E - b_{E,3} Y_{t-3}^E \\ Y_t^T - b_{T,0} - b_{T,1} Y_{t-1}^T - b_{T,2} Y_{t-2}^T - b_{T,3} Y_{t-3}^T \end{bmatrix}$。

　　上述 VEC-MGARCH 模型的估计结果如附表 1 所示。根据附表 1 的结果可以看出，$\alpha_E +$ β_E、$\alpha_T + \beta_T$ 以及 $\alpha_{ET} + \beta_{ET}$ 均较高，条件方差表现出较高的聚集性。为了检验多元 GARCH 和一元 GARCH 的优势，构造如下似然比（LR）统计量：

$$LR = -2(L^E + L^T - L^{E,T})$$

其中，L^E、L^T 和 $L^{E,T}$ 分别表示一元 GARCH 模型对企业债收益率、一元 GARCH 模型对国债收益率以及二元 GARCH 模型的似然值。经计算，LR = 150.47（p-value 小于 0.00），说明二元 GARCH 模型对国债和企业债收益率的分布特征比一元 GARCH 模型更好。

附表 1　MGARCH 模型估计结果

	条件均值			条件方差			条件协方差	
	系数	P-value		系数	P-value		系数	P-value
$b_{E,0}$	0.0159	0.00	ω_E	0.0011	0.00	ω_{ET}	0.0002	0.00
$b_{E,1}$	0.1478	0.00	α_E	0.2195	0.00	α_{ET}	0.0771	0.00
$b_{E,2}$	0.1316	0.00	β_E	0.7437	0.00	β_{ET}	0.8876	0.00
$b_{E,3}$	0.0741	0.01	$\alpha_E + \beta_E$	0.9632	—	$\alpha_{ET} + \beta_{ET}$	0.9674	—
$b_{T,0}$	0.0088	0.01	ω_T	0.0002	0.00			
$b_{T,1}$	0.0883	0.00	α_T	0.0740	0.00	Likelihood	2 118.81	—
$b_{T,2}$	0.0417	0.16	β_T	0.9253	0.00	LR	150.47	0.00
$b_{T,3}$	0.0968	0.00	$\alpha_T + \beta_T$	0.9993	—			

注：$b_{k,i}(i = 0,1,\cdots,3;k = E,T)$、$\omega_k(k = E,T,ET)$、$\alpha_k(k = E,T,ET)$、$\beta_k(k = E,T,ET)$ 分别表示 VEC-MGARCH 模型中条件均值、条件方差及条件协方差对应的估计系数；LR 统计量的定义为 $LR = -2(L^E + L^T - L^{E,T})$；使用极大似然法（MLE）估计模型。

　　除了使用 VEC 形式的多元 GARCH 模型外，本文还使用了 CCC 和 BKKK 两种形式的多元 GARCH 模型，用于计算中国企业债和国债市场的波动率。忽略条件均值形式，这两种模型的条件方差-协方差形式分别为：

CCC model

$$h_{ii,t} = \omega_i + \alpha_i \varepsilon_{t-1}^2 + \beta_i h_{ii,t-1}; \quad h_{ij,t} = \rho_{i,j}(h_{ii,t} h_{jj,t})^{1/2}; \quad i = T,E;j = T,E$$

BKKK model

$$H_t = \omega'\omega + \alpha\varepsilon_{t-1}\varepsilon_{t-1}'\alpha' + \beta H_{t-1} H_{t-1}'\beta'$$

其中，ω、α 和 β 均为模型的待估计系数矩阵；ω 为下三角矩阵，α 和 β 为对角阵。

　　VEC、CCC、BKKK 三种模型估计得到的两个市场条件方差、协方差分别如附图 1、附图 2 和附图 3 所示。为了检验条件均值的不同形式对估计结果的影响，分别使用了 AR(3) 和 VAR(3) 两种条件均值估计 VEC 模型。由附图可以看出，各种多元模型得到的条件方差非常接近，条件协方差也差别不大。

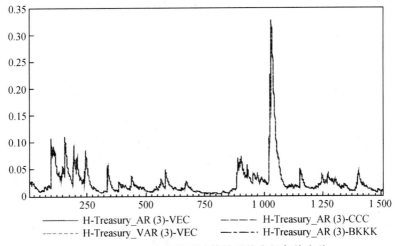

附图 1　MGARCH 模型计算的国债市场条件方差

注:图中"H-Treasury_AR(3)-VEC"代表 AR(3)形式条件均值和 VEC 形式条件方差
的多元 GARCH 模型计算的国债市场收益率条件方差;同理,"H-Treasury_AR(3)-CCC"、
"H-Treasury_AR(3)-BKKK"分别表示 CCC 和 BKKK 形式的多元 GARCH 模型计算的国债
市场收益率条件方差;"H-Treasury_AR(3)-VEC"表示以 VAR(3)为条件均值的 VEC 形式
多元 GARCH 模型计算的国债市场收益率条件方差。附图 2 和附图 3 中各变量的意义与
附图 1 类似。

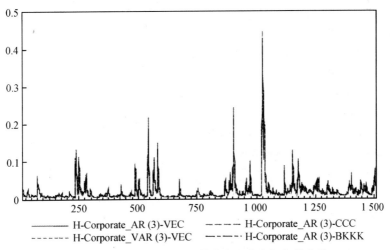

附图 2　MGARCH 模型计算的企业债市场条件方差

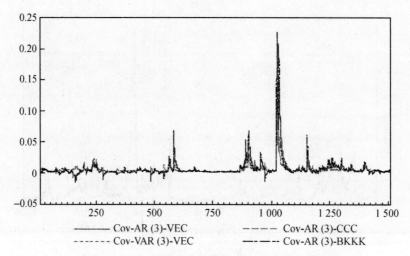

附图 3　MGARCH 模型计算的国债和企业债市场条件协方差

参 考 文 献

[1] 郭泓、武康平,2006,上交所国债市场流动性溢价分析,《财经科学》,第 4 期,第 23—29 页。

[2] 郭泓、杨之曙,2006,国债市场新券和旧券流动性实证研究,《证券市场导报》,第 2 期,第 62—68 页。

[3] 黄峰、杨朝军,2007,流动性风险与资产定价:来自我国股市的经验证据,《管理世界》,第 5 期,第
30—39 页。

[4] 陆静、唐小我,2004,股票流动性与期望收益的关系研究,《管理工程学报》,第 2 期,第 109—111 页。

[5] 苏冬蔚、麦元勋,2004,流动性与资产定价:基于我国股市资产换手率与预期收益的实证研究,《经
济研究》,第 2 期,第 95—105 页。

[6] 谭地军、田益祥、黄文光,2008,流动性补偿、市场内及跨市场"流动性转移"行为,《金融研究》,第 9
期,第 23—44 页。

[7] 吴文锋、芮萌、陈工孟,2003,中国股票收益的非流动性补偿,《世界经济》,第 7 期,第 54—60 页。

[8] Acharya, V., and L., Pedersen, 2005, Asset pricing with liquidity risk, *Journal of Financial Economics*
77, 375—400.

[9] Amihud, Y., 2002, Illiquidity and stock returns: Cross-section and time-series effects, *Journal of Finan-
cial Markets* 5, 31—56

[10] Amihud, Y., and H., Mendelson, 1986, Asset pricing and the bid-ask spread, *Journal of Financial
Economics* 17, 223—249.

[11] Amihud, Y., and H., Mendelson, and R., Wood, 1990, Liquidity and the 1987 stock market crash,
Journal of Portfolio Management 16, 65—69

[12] Bali, T., 2008, The intertemporal relation between expected returns and risk, *Journal of Financial Eco-
nomics* 87, 101—131.

[13] Beber, A. , M. Brandt, and K. , Kavajecz, 2008, Flight-to-quality or flight-to-liquidity? Evidence from the Euro-area bond market, *Review of Financial Studies*, forthcoming.

[14] Bollerslev, T. , 1990, Modelling the coherence in short-run nominal exchange rates: A multivariate generalized ARCH model, *Review of Economics and Statistics* 72, 498—505.

[15] Bollerslev, T. , R. Engle, and J. , Wooldridge, 1988, A capital asset pricing model with time-varying covariance, *Journal of Political Economy* 96, 116—131.

[16] Brandt, M. , and K. Kavajecz, 2004, Price discovery in the U. S. treasury market: The impact of order flow and liquidity on the yield curve, *Journal of Finance* 59, 2623—2654

[17] Brennan, M. , and A. Subrahmanyam, 1996, Market microstructure and asset pricing: On the compensation for illiquidity in stock returns, *Journal of Financial Economics* 41, 441—464.

[18] Chen, L. , D. Lessmond, and J. Wei, 2007, Corporate yield spreads and bond liquidity, *Journal of Finance* 62, 119—149.

[19] Chordia, T. , R. Roll, and A. Subrahmanyam, 2002, Order imbalance, liquidity, and market returns, *Journal of Financial Economics* 65, 111—130.

[20] Chordia, T. , A. Sarkar, and A. Subrahmanyam, 2005, An empirical analysis of stock and bond market liquidity, *Review of Financial Studies* 18, 85—129.

[21] Chordia, T. , S. Huh, and A. Subrahmanyam, 2007, The cross-section of expected trading activities, *Review of Financial Studies* 20, 809—740.

[22] Connolly, R. , C. Stivers, and L. Sun, 2005, Stock market uncertainty and the stock-bond return relation, *Journal of Financial and Quantitative Analysis* 40, 161—194.

[23] Engle, R. , and F. Kroner, 1995, Multivariate simultaneous generalized ARCH, *Econometric Theory* 11, 122—150.

[24] Fama, E. , and K. French, 1993, Common risk factors in the returns on stocks and bonds, *Journal of Financial Economics* 33, 3—56.

[25] Goyenko, R. , 2006, Stock and bond pricing with liquidity risk, Working Paper, Indiana University.

[26] Goyenko, R. , and A. Ukhov, 2008, Stock and bond market liquidity: A long-run empirical analysis, *Journal Financial and Quantitative Analysis*, forthcoming.

[27] Greene, W. , 2003, *Econometric Analysis* (Fifth edition), Prentice-Hall International'Inc.

[28] Hasbrouck, J. , 1991, Measuring the information content of stock trades, *Journal of Finance* 46, 179—207.

[29] Houweling, P. , A. Mentink, and T. Vorst, 2005, Comparing possible proxies of corporate bond liquidity, *Journal of Banking & Finance* 29, 1331—1358.

[30] King, T. , and K. Khang, 2005, On the importance of systematic risk factors in explaining the cross-section of corporate bond yield spreads, *Journal of Banking & Finance* 29, 3141—3158.

[31] Lesmond, D. , J. Ogden, and C. Trzcinka, 1999, A new estimate of transaction costs, *Review of Financial Studies* 12, 1113—1141.

[32] Liu, W., 2006, A liquidity-augmented capital asset pricing model, *Journal of Financial Economics* 82, 631—671.

[33] Longstaff, F., 2004, The flight-to-liquidity premium in U. S. treasury bond prices, *Journal of Business* 77, 511—526.

[34] Underwood, S., 2008, The cross-market information content of stock and bond order flow, *Journal of Financial Markets*, forthcoming.

Cross-market Effect of Liquidity:
Common Factors or Flight-to-Liquidity?

Dijun Tan   Yixiang Tian

(*School of Management and Economics of UESTC*)

Abstract   Common factors and flight-to-liquidity behavior are the two chief reasons responsible for cross-market effect of liquidity. This paper examines these two reasons by examining the cross-market effect of liquidity between the Chinese treasury and corporate bond market. The empirical results show that price impact coefficients on the treasury bond market are negative correlated with treasury bond market returns, which implies a significant liquidity premium. The corporate bond market liquidity has significant cross-market effect on the treasury bond market returns due to the effect of common factors of bond market but not the effect of cross-market flight-to-liquidity activities. Further analyses show that change in monetary policy, i. e. change in macro-liquidity, may affect micro-liquidity on the bond market. The effect of unexpected market liquidity is the chief reason responsible for both the liquidity premium on the treasury bond market and the cross-market effect of corporate bond market liquidity.

Key Words   Market Uncertainty, Liquidity, Common Factors, Flight-to-quality

JEL Classification   G11,G12,G14

金融学季刊
2008 年 第 4 卷 第 2 期

Quarterly Journal of Finance
Vol. 4, No. 2, 2008

投机价值与中国封闭式基金折价之谜

曹志广　　杨军敏[*]

摘　要　本文对封闭式基金折价提出了一种新的解释。在卖空限制和投资者存在异质信念条件下,金融资产的价格包含两部分:资产的基本面价值与交易资产的投机价值。投机价值可以看成是一种以投资者之间信念差异为标的物的美式期权价值。封闭式基金折价的原因在于交易封闭式基金的投机价值通常低于交易基金所持资产的投机价值。实证结果表明,相对于投资者情绪理论,本文提出的投机价值理论更能解释我国封闭式基金的折价。

关键词　封闭式基金,基本面价值,投机价值

一、引　　言

封闭式基金通常折价交易是世界金融市场上一个普遍存在的现象。Lee, Shleifer and Thaler(1991)将封闭式基金之谜总结为以下四个方面:封闭式基金通常溢价发行;发行一段时间后,封闭式基金通常折价交易;折价水平随时间变化,并且不同封闭式基金的折价正相关;随着封闭式基金到期日的临近,折价基本消失。他们提出了投资者情绪理论对西方市场上封闭式基金折价的现象给出了解释,并逐渐成为解释封闭式基金折价现象最具有影响的理论。个人投资者的噪音交易产生了额外的风险是投资者情绪理论的基本出发点。但本文认为,投资者情绪理论并不能完全解释我国封闭式基金折价现象,这主要表现在以下几个方面:(1) 我国封闭式基金在 2000 年 3 月以前,基金持有人基本是以

---

　*　曹志广,上海财经大学金融学院副教授;杨军敏,上海对外贸易学院国际经贸学院副教授。通讯作者及地址:曹志广,上海国定路 777 号上海财经大学金融学院,200433;E-mail:caozhiguang@ 21cn. com。作者感谢匿名审稿人的评论和修改建议,感谢编辑对文字部分的修改。论文的其他错误和文责,作者自负。

个人为主体,但在此之后,基金持有人结构发生了重大改变,封闭式基金份额50%以上为机构投资者所持有。然而,2000年后的基金折价现象却更加严重了。(2)我国封闭式基金2002年之后的数据表明,在控制大盘的因素之后,小市值股票组合的收益与基金折价并无统计上显著的关系,详细结果见本文的实证研究部分。由于小市值股票组合的收益与个人投资者的噪音风险相关(给定小市值股票主要由个人投资者持有),小市值股票组合的收益与基金折价并无统计上显著关系的实证结果表明,在控制大盘的因素后,我国封闭式基金的折价与个人投资者的噪音风险并无显著关系。这也与 Lee, Shleifer and Thaler (1991)的研究结论不一致。本文的贡献是从另一个新的角度提出了对封闭式基金折价之谜的解释,并应用该理论较为成功地解释了中国封闭式基金折价的现象。

本文借鉴 Scheinkman and Xiong(2003)的基本思想,认为在卖空限制和投资者存在异质信念条件下,资产的价格可以看成是以下两部分价值之和:资产的基本面价值和交易资产带来的投机价值。我们将封闭式基金的交易价格分解为基金所持资产的基本面价值和交易基金本身的投机价值;而封闭式基金的净值(基金所持资产的市场价格)可以分解为基金所持资产的基本面价值和交易基金所持资产的投机价值。在通常情况下,交易基金本身的投机价值要低于交易基金所持资产的投机价值。因此,封闭式基金通常折价交易。

本文其余部分的安排如下:第二部分对相关文献进行回顾;第三部分介绍本文所提出的投机价值理论的理论基础;第四部分对投机价值理论进行实证研究;第五部分为有关问题的进一步讨论;第六部分为本文的主要结论。

二、相关文献回顾

关于封闭式基金为什么经常折价交易这个问题,学术界已有的研究非常丰富。归结起来主要有两方面的解释:传统金融理论框架下的解释和行为金融理论框架下的解释。

在传统金融理论框架下,代理成本理论(Boudraux, 1973)、非流动性资产理论(Malkiel, 1977)、未缴税收理论(Malkiel, 1977)和业绩理论(Malkiel, 1977)等分别对封闭式基金之谜给出了一定程度的解释,但解释能力存在明显不足。代理成本理论认为,由于基金管理人与基金持有人之间存在委托代理关系,代理成本将导致基金折价出售。但该理论很难解释为什么基金的折价会波动,因为代理成本相对比较稳定,也很难解释不同封闭式基金折价变动的正相关性,更无法解释封闭式基金刚发行时通常溢价交易的事实。非流动性资产理论认为,封闭式基金持有许多流动性很差的资产,这些资产的变现显然要打折扣。但该理论很难解释许多持有流动性非常高的资产的封闭式基金也折价交易的事实,也很难解释随着封闭式基金到期日的临近,基金折价消失的现象。非流动性资产理论还认为,基金持有某些资产的数量非常大,清算时将导致实际的成交价格低于净值核算时的价格。因此,基金的价格应该低于其净值。但这一说法也很难解释随着封闭式基金到期日的临近,折价逐渐消失的现象。未缴税收理论认为,基金的净值包含了应交纳的资本利得税,这导致基金折价交易。但该理论难以解释不交纳资本利得税的国家(比如我国)也存在封闭式基金折价的现象。业绩理论认为,那些业绩优良的封闭式基金折价会比较少,甚至溢价,而那些业绩不好的基金折价则会较高,当基金整体业绩较好时,整体折价水平就会比较低。但该理论很难解释不管是业绩好的基金还是业绩不好的基金,其折价变动的正相关性。

　　在行为金融的理论框架下,De Long, Shleifer, Summers and Waldmann(1990)提出了噪音交易模型(简称 DSSW 模型),他们认为,由于噪音交易者的存在使得本质上无风险的资产也变得有风险,理性的套利者会要求额外的风险补偿,从而要求资产必须压低价格出售。基于 DSSW 模型,Lee, Shleifer and Thaler(1991)用投资者情绪理论解释了封闭式基金折价之谜的四个方面:封闭式基金通常选择投资者情绪高昂的时候发行,因此,基金通常会溢价发行;由于噪音交易者的存在使得持有封闭式基金的风险要大于持有封闭式基金所持资产的风险,因此,封闭式基金通常折价交易;投资者情绪的波动导致折价的波动,投资者之间情绪的相关性导致了封闭式折价的相关性;当封闭式基金到期日临近时,噪音风险非常少,因此,折价消失。投资者情绪理论成功地解释了美国市场封闭式基金折价之谜,并且也得到了其他学者的佐证(Neal and Wheatley, 1998;Bodurtha, Kim and Lee, 1995)。虽然也有一些学者对投资者情绪理论提出质疑(Chen, Kan and Miller,1993),但投资者情绪理论在解释封闭式基金折价上还是占据了重要地位。

　　关于封闭式基金折价,国内许多学者也进行了研究。国内大多数学者的研究支持了投资者情绪理论。比如:薛刚、顾锋和黄培清(2000)、张志超和田明圣(2003)、王擎(2004)、伍燕然和韩立岩(2007)等认为投资者情绪理论较好地解释了我国封闭式基金折价的现象。也有少数研究者对投资者情绪理论解释我国封闭式基金折价现象提出了质疑。比如:张俊生、卢贤义和杨熠(2001)的研究发现,小市值股票组合的收益增加时,封闭式基金折价水平也增加,这与 Lee, Shleifer and Thaler(1991)的研究结论相反。但伍燕然和韩立岩(2007)对得出这一结论的回归分析提出了质疑,认为这一结论缺乏稳健性。

总的来讲,国内外的研究大多支持投资者情绪理论,虽然也有学者对投资者情绪理论提出疑问,但也并未提出新的理论来解释封闭式基金折价。

三、理论模型

在经典的资产定价理论中,交易量不会影响资产的价格,然而实际的金融市场中高资产价格与高成交量相伴的现象经常出现。通常,高成交量还伴随着资产价格的高波动性。交易量与资产价格之间似乎存在一定关系。Ofek and Richardson (2003)、Cochrane (2003)、Scheinkman and Xiong(2003)、Xiong and Scheinkman(2004)的研究支持了交易量与资产价格存在关系这一看法。Scheinkman and Xiong(2003)认为,在一个卖空成本很高或受到限制,并且投资者之间存在异质信念的市场环境下,交易资产的行为具有投机价值,这一投机价值是一种以投资者之间信念差异为标的物的美式期权的价值。资产的市场价格除了反映资产的基本面价值之外,还应该包含这一期权的价值。

Scheinkman and Xiong(2003)的这一观点实际上建立在 Miller(1977)、Harrison and Kreps(1978)的研究基础之上。Miller(1977)认为,如果市场不允许卖空,并且投资者之间存在异质信念,则市场的均衡价格将反映更为乐观的投资者的看法,从而造成资产价格的高估。Harrison and Kreps(1978)将 Miller(1977)的研究拓展到了多期情形。他们认为,如果投资者相信在未来能够以更高价格将资产出售给另外一个更加乐观的投资者,则该投资者愿意支付的价格将高于其永远持有该资产时所愿意支付的价格。这里可以将投资者永远持有资产所愿意支付的价格理解成为资产未来现金流(对股票而言,未来现金流就是红利)的贴现值,即资产的基本面价值。因此,资产的价格将高于其基本面价值,价格中高于基本面价值的那部分就是交易资产带来的投机价值。

Scheinkman and Xiong(2003)继承和发展了 Miller(1977)、Harrison and Kreps(1978)的思想,在连续时间框架下分析了交易资产带来的投机价值。他们同样考虑一个卖空受到限制的市场,讨论了单一风险资产的价格组成。他们将投资者分成两类:持有风险资产的投资者、不持有风险资产的投资者。持有风险资产的投资者和不持有风险资产的投资者是相互转化的,更为乐观的投资者将持有风险资产。他们引入了投资者的过度自信作为投资者之间异质信念的来源,将投机价值看成是以投资者之间信念差异为标的物的美式期权的价值,并给出了投机价值的解析解。投资者之间信念差异的变化导致了资产的交易。投资者之间信念差异的波动性越大,投资者之间的交易量也越大,相应地,资产的投机价值越高。由于资产价格既包含基本面价值,也包含期权价值,因此,资产价格与交易量或换手率存在正相关关系。Scheinkman and Xiong(2003)认为换手率主要是衡量投机性的指标,而并非主要衡量流动性的指标。Mei,Scheinkman and Xiong(2005)将该理论应用于中国的 A 股和 B 股市场,成功地解释了中国 A 股和 B 股市场价格的差异。他们认为,期权的价值与换手率是正相关的,中国 A 股价格高于 B 股价格的原因在于 A 股市场具有比 B 股市场更高的换手率,从而 A 股具备更高的投机价值。相应地,A 股的价格也高。他们的研究表明,换手率与公司股票的流通规模负相关,这支持了 Scheinkman and Xiong(2003)关于换手率主要是衡量投机性的指标,而并非主要衡量流动性的指标的观点。在实证检验部分中,本文借鉴 Scheinkman and Xiong(2003)和 Mei, Scheinkman and Xiong(2005)的思想,也使用换手率来衡量投资者之间信念差异的波动性。

借鉴 Scheinkman and Xiong(2003)的基本思想,我们提出用投机价值理论来解释我国的封闭式基金折价。这主要基于以下两方面的原因:首先,我国股票市场卖空受到限制;其次,我国股票市场上个人投资者比例比较高,相应地,投资者之间的信念差异和信念差异的波动性也比较大。这两方面的原因使得我国股票市场的投机价值比较显著,因而从投机价值角度来理解我国股票市场资产价格具有相当的合理性。[1] Scheinkman and Xiong(2003)的理论模型中引入投资者的过度自信作为投资者之间异质信念的来源,但在实际市场上投资者之间异质信念的来源应该更为广泛。因此,我们所提出的投机价值理论并非要求投资者存在过度自信。只要市场并非总是有效,异质信念的存在就具有其合理性。我们将封闭式基金的交易价格分解为基金所持资产的基本面价值和交易基金本身的投机价值;将封闭式基金的净值(基金所持资产的市场价格)分解

---

〔1〕 对于一个成熟的市场而言,比如美国市场,市场允许卖空,并且投资者主要以机构为主,投资者之间信念差异和信念差异的波动性相对而言比较小。投机价值理论在解释成熟市场上封闭式基金的折价现象方面具有一定局限性。

为基金所持资产的基本面价值和交易基金所持资产的投机价值。即

$$P_t = F_t + S\_CF_t \tag{1}$$

$$\text{NAV}_t = F_t + S\_A_t \tag{2}$$

其中：P_t 为 t 时刻封闭式基金的交易价格；F_t 为 t 时刻基金所持资产的基本面价值；S_CF_t 为交易基金的投机价值；S_A_t 为交易基金所持资产的投机价值。

我们认为，封闭式基金折价的原因在于，通常情况下交易基金本身的投机价值 S_CF_t 低于交易基金所持资产的投机价值 S_A_t；而封闭式基金的价格波动性通常高于其净值波动性的原因在于，交易基金本身投机价值的波动性要高于交易基金所持资产投机价值的波动性。详细的讨论见本文的实证部分。

在不引起混淆的情况下，我们省略时间下标。由(1)式和(2)式可得：

$$D \equiv \text{NAV} - P = S\_A - S\_CF \tag{3}$$

其中，D 表示基金的绝对折价水平。根据 Scheinkman and Xiong(2003)的研究，交易资产的投机价值是一个美式期权的价值，该期权的价值是投资者信念差异和信念差异波动率的函数，即 $f(g, \sigma)$。其中，g 表示不持有资产的投资者与持有资产的投资者之间的信念差异，σ 表示信念差异的波动率。并且，$\partial f/\partial g > 0$，$\partial f/\partial \sigma > 0$。

由(3)式应用泰勒展开式可得：

$$\Delta D = \Delta S\_A - \Delta S\_CF$$

$$\approx f'_{g\_A}\Delta g\_A + f'_{\sigma\_A}\Delta \sigma\_A + \frac{1}{2}f''_{\sigma\_A}(\Delta \sigma\_A)^2$$

$$- f'_{g\_CF}\Delta g\_CF - f'_{\sigma\_CF}\Delta \sigma\_CF - \frac{1}{2}f''_{\sigma\_CF}(\Delta \sigma\_CF)^2 \tag{4}$$

这里我们考虑了信念差异波动率对 ΔD 的非线性影响，保留了信念差异波动率的二次项。其中：f'_{g_A} 表示 $\partial f/\partial g\_A$，g_A 表示交易基金所持资产的投资者之间的信息差异；f'_{σ_A} 表示 $\partial f/\partial \sigma\_A$，$\sigma\_A$ 表示交易基金所持资产的投资者之间信念差异的波动率；f''_{σ_A} 表示 $\partial^2 f/\partial \sigma\_A^2$；$f'_{g\_CF}$ 表示 $\partial f/\partial g\_CF$，g_CF 表示交易基金的投资者之间的信息差异；f'_{σ_CF} 表示 $\partial f/\partial \sigma\_CF$，$\sigma\_CF$ 表示交易基金的投资者之间信念差异的波动率；f''_{σ_CF} 表示 $\partial^2 f/\partial \sigma\_CF^2$。

因此，在线性假设条件下，我们可以建立以下形式的回归方程：

$$\Delta D = \alpha + \beta_1 \Delta g\_A + \beta_2 \Delta \sigma\_A + \beta_3 \Delta \sigma\_A^2$$

$$+ \beta_4 \Delta g\_CF + \beta_5 \Delta \sigma\_CF + \beta_6 \Delta \sigma\_CF^2 + \varepsilon \tag{5}$$

如果投机价值理论能够很好地解释封闭式基金折价现象，则回归方程(5)

右边的解释变量应该对 ΔD 有明显的解释作用。另外,投机价值理论还要能够解释以下现象:(1) Lee,Shleifer and Thaler(1991)总结的封闭式基金折价之谜的四个方面;(2) 基金价格的波动性要高于基金净值的波动性;(3) 在我国,机构投资者的比例与封闭式基金折价成正相关;(4) 我国封闭式基金 2002 年之后的数据表明,在控制大盘的因素之后,小市值股票组合的收益与基金折价并无统计上的显著关系。

四、实 证 研 究

(一) 数据及数据的基本分析

本文的数据全部来自 Wind,采集的封闭式基金样本为 2007 年 11 月 9 日还在进行交易的全部上海和深圳市场的封闭式基金,剔除最新上市交易的国投瑞银瑞福进取和大成优选两只基金后,剩余 36 只封闭式基金。这 36 只基金中最早上市的基金交易日期为 1998 年 4 月,因此,本文截取的封闭式基金交易和净值数据为 1998 年 4 月 10 日—2007 年 11 月 9 日的周数据。我国的封闭式基金全部为股票型基金,大部分封闭式基金持股比例在 75% 以上,并且基金大都持有流动性良好的股票。考虑到基金净值与沪深 300 指数高度相关(2002—2007 年的数据表明,封闭式基金净值加权平均值与沪深 300 指数之间的相关系数达到 0.96,基金净值对数收益率与沪深 300 指数对数收益率的相关系数达到 0.85),我们用沪深 300 指数成分股近似替代封闭式基金所持资产。沪深 300 指数的成分股我们以 2007 年 11 月 9 日为基准选取,即在这一天计入该指数的股票就是成分股,在过去的历史时间内,我们并不更改成分股。机构投资者比例等数据来源于 Wind 提供的基金中报和年报。其他数据,如沪深 300 指数成分股的换手率、指数等,也均来源于 Wind。为分析封闭式基金总体的折价情况,我们构造净值加权折价指数

$$\mathrm{WD}_t = \sum_{i=1}^{n_t} W_{it}\mathrm{DISC}_{it} \tag{6}$$

其中:

$$\mathrm{DISC}_{it} = \frac{\mathrm{TNAV}_{it} - S_{it}P_{it}}{S_{it}P_{it}} \times 100; \quad W_{it} = \frac{\mathrm{TNAV}_{it}}{\sum\limits_{i=1}^{n_t}\mathrm{TNAV}_{it}}$$

S_{it} 为基金 i 的份额数；P_{it} 为基金 i 的价格；TNAV_{it} 为基金 i 的净资产总值；n_t 为 t 时刻市场上可交易的封闭式基金数量。

由于我国 2000 年 3 月以后允许保险机构持有封闭式基金，在此时间前后，我国封闭式基金的持有人结构发生了较大的变化。因此，我们将整个样本期间划分为三个阶段：1998 年 4 月—2000 年 3 月为散户持有为主的阶段；2000 年 4 月—2002 年 3 月为过渡阶段；2002 年 4 月—2007 年 11 月为机构持有为主的阶段。

表 1 列示了样本期内，1998 年 4 月—2000 年 3 月、2000 年 4 月—2002 年 3 月、2002 年 4 月—2007 年 11 月期间，封闭式基金净值加权折价指数、沪深 300 指数成分股的流通市值加权平均换手率、封闭式基金净值加权平均换手率的基本统计分析结果。由表 1 可以看出：1998 年 4 月—2000 年 3 月、2000 年 4 月—2002 年 3 月、2002 年 4 月—2007 年 11 月期间基金净值加权折价指数的平均值分别为 -0.1052、0.1417 和 0.4263，而相应地，基金净值加权平均换手率与沪深 300 指数成分股的流通市值加权平均换手率之差分别为 0.0348、0.0116 和 -0.0452。因此，直接从数据来看，封闭式基金净值加权折价指数与基金净值加权平均换手率与沪深 300 指数成分股的流通市值加权平均换手率之差存在比较明显的负相关关系。

表 1 基本统计分析

变量	时期	最小值	最大值	均值	标准差
基金净值加权 折价指数	1998 年 4 月—2000 年 3 月	-0.5290	0.2121	-0.1052	0.1809
	2000 年 4 月—2002 年 3 月	-0.0153	0.3044	0.1417	0.1055
	2002 年 4 月—2007 年 11 月	0.0288	0.8339	0.4263	0.2274
基金净值加权 平均换手率	1998 年 4 月—2000 年 3 月	0.0062	0.9158	0.1192	0.1439
	2000 年 4 月—2002 年 3 月	0.0105	0.2640	0.0666	0.0435
	2002 年 4 月—2007 年 11 月	0.0022	0.2176	0.0332	0.0347
沪深 300 指数成分股流 通市值加权平均换手率	1998 年 4 月—2000 年 3 月	0.0052	0.3079	0.0844	0.0630
	2000 年 4 月—2002 年 3 月	0.0053	0.1327	0.0550	0.0283
	2002 年 4 月—2007 年 11 月	0.0123	0.2622	0.0784	0.0513

图 1 则列示了上述变量随时间的变化情形。由图 1 可以看出：基金在 2000 年以前主要表现为溢价，在此之后主要表现为折价。此外，在 2000 年以前，基金的换手率普遍高于股票的换手率，而在 2000 年后，基金的换手率普遍低于股票的换手率。

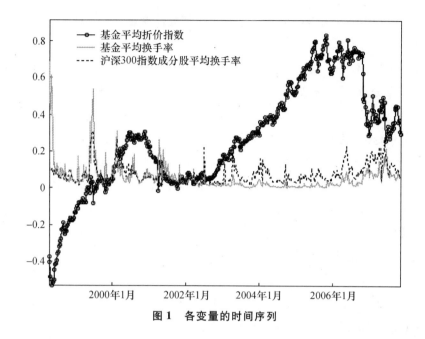

图 1　各变量的时间序列

(二) 对基金折价的解释

根据本文提出的投机价值理论,资产的换手率越高,则资产的投机价值也越高,相应地,资产的价格也越高。从历史数据来看(见图 1),在基金换手率高于股票换手率的时期内(2000 年以前),基金主要表现为溢价;而在股票换手率高于基金换手率的时期内(2000 年以后),基金主要表现为折价。我们认为,基金折价的原因在于基金的换手率通常低于股票的换手率,从而交易基金的投机价值低于交易股票的投机价值,基金通常表现出折价。

另外,2000 年 3 月之后,尤其是在过渡期 2000 年 4 月—2002 年 3 月之后,我国的封闭式基金主要由机构持有。由于机构投资者相对于我国的个人投资者而言,一般具有较为长期的投资理念,相应地,在此之后,基金的换手率显著低于股票交易的换手率,这就造成基金交易的投机价值低于股票交易的投机价值(见图 1)。因此,表现出机构持有人比例增加、基金换手率降低、基金折价增加的现象。以下两方面的原因,可能解释了为什么通常交易基金的投机价值低于交易股票的投机价值:(1) 2000 年以后,机构投资者是封闭式基金主要持有人,相对于个人投资者来说,机构投资者之间的信念差异的程度及波动性较小;(2) 单只股票的基本面不确定性较大,有利于造成股票交易者间的信念差异的程度及波动性增大,但基金持有的是股票组合,组合的基本面不确定性程度大大下降。因此,基金交易者间的信念差异和信念差异的波动性也相对较小。

接下来,我们通过回归分析进一步验证本文提出的投机价值理论。考虑到基金折价指数 WD 的非平稳性,我们用差分后的基金折价指数,进行回归方程(5)的实证分析。[2] 方程(5)在理论上给出了影响基金折价变动的因素,但我们不能直接估计回归方程(5),因为投资者之间的信念差异以及信念差异的波动性是不能直接观测的变量。

关于如何衡量信念差异程度,已有的研究十分丰富。Miller(1977)认为,在卖空限制下,信念差异会导致资产的高估,该结论的一个推论就是资产未来的收益会比较低。许多学者对此进行了大量的实证研究,他们的研究大都支持Miller(1977)的结论。在实证过程中他们使用了许多表示信念差异程度的代理变量,总结起来主要有以下几种:(1) 不同分析人士预测值的离散程度,通常以标准差、变异系数等表示(Harris and Raviv, 1993;Graham and Harvey, 1996;Diether, Malloy and Scherbina, 2002);(2) 近期股票收益率的标准差(Danielsen and Sorescu, 2001);(3) 近期股票收益率经市场模型(如 CAPM)调整后残差的标准差(Shalen, 1993;Danielsen and Sorescu, 2001);(4) 成交量或换手率(Kaul and Lipson, 1994;Danielsen and Sorescu, 2001;Boehme, Danielsen and Sorrescu, 2006);(5) 股指期货的未平仓合约数量(Bessembinder, Chan and Seguin, 1996)。用不同分析人士预测值的离散程度代替市场投资者之间的信念差异通常不能满足统计抽样上的随机性,因为分析人士通常是特定人群。其他代理变量要么与成交量(如换手率和股指期货的未平仓合约数量)紧密联系,要么与资产价格的波动性(如收益率的标准差和经市场模型调整后残差的标准差)紧密联系。资产价格的高波动性通常伴随着高成交量,资产价格的波动性与成交量正相关。因此,信念差异越大,成交量也越大,价格的波动性也越大,成交量和价格波动都部分包含了信念差异的信息。基于这个前提,前面提到的众多学者并没有区分与价格波动性紧密联系的代理变量和与成交量紧密联系的代理变量,而是将它们都视为信念差异程度的代理变量。但信息差异的波动性越大,价格的波动性也越大,价格的波动性不仅反映信念差异的信息,还反映信念差异波动的信息。同样,信息差异的波动性越大,交易量也越大,交易量不仅反映信念差异的信息,还反映信念差异波动的信息。因此,这些代理变量不仅反映信念差异,也反映信念差异波动性的信息。在 Scheinkman and Xiong(2003)的

---

〔2〕 ADF 单位根检验表明基金折价指数为非平稳序列,其差分后的序列为平稳序列。

理论框架下,价格高出基本面价值的那部分被看做是美式期权的价格,期权价格与信念差异和信念差异的波动性正相关。但在实证分析中,我们难以将以上代理变量严格区分为信念差异和信念差异的波动性。因此,本文借鉴 Mei,Scheinkman and Xiong(2005)的做法,用换手率代替信念差异的波动性。我们用基金交易的换手率 T_CF 代替 σ_CF,用沪深 300 指数成分股的平均换手率 T_IN 代替基金所持资产的换手率 σ_A。[3]

我们先忽略式(5)中的变量 g_A 和 g_CF,并考虑到实际数据中 ΔT_IN 和 ΔT_IN^2 的高度相关性(相关系数达到 0.9),我们建立以下回归方程:

$$\Delta WD = \alpha + \beta_1 \Delta T\_IN + \beta_2 \Delta T\_CF + \beta_3 \Delta T\_CF^2 + \varepsilon \tag{7}$$

回归方程(7)的系数估计结果如表 2 所示。由表 2 可以看出:基金的换手率的变动和基金所持资产的换手率的变动对基金折价的变化有显著的解释作用,并且基金的换手率越高,折价越小,基金所持资产的换手率越高,折价越大,这与投机理论的解释完全吻合。由于忽略了式(5)中的变量 g_A 和 g_CF,回归方程(7)的总体解释能力只有 15%。

表 2　回归方程(7)的系数估计结果

	α	β_1	β_2	β_3
估计系数	0.0012	0.3221 ***	- 0.3985 ***	0.2435 ***
T 统计量	0.9232	6.5330	- 7.8506	3.7552
调整后 R^2	0.15			

注: * * * 表示在 1% 显著水平下显著。

对于变量 g_A 和 g_CF,我们使用与价格波动性紧密相关的代理变量。具体地,我们用收盘价减去当周的最低价后再除以当周的最低价来近似衡量某一周投资者之间信念的差异。[4] 在实际中我们使用以下形式的回归方程:

$$\Delta WD = \alpha + \beta_1 \Delta T\_CF + \beta_2 \Delta T\_IN + \beta_3 \Delta T\_CF^2$$
$$+ \beta_4 \Delta \ln(1 + B\_CF) + \beta_5 \Delta \ln(1 + B\_A) + \varepsilon \tag{8}$$

其中:B_CF 表示基金的收盘价减去基金当周的最低价后除以当周的最低价;B_A 表示指数的收盘价减去指数当周的最低价后除以当周的最低价。由于沪深 300 指数在 2002 年后推出,回归中我们用上证 180 指数来计算 B_A。根据本

---

〔3〕 我国大部分封闭式基金倾向于投资于流动性好的大盘股,而沪深300指数的成分股包含了大部分的大盘股。

〔4〕 本文也尝试用当天的最高价减去最低价后再除以当天的最低价来近似衡量某一天投资者之间信念的差异,得到的结果是类似的。

文提出的投机价值理论,回归方程中的系数应当有 $\beta_1 < 0$、$\beta_4 < 0$、$\beta_2 > 0$、$\beta_5 > 0$。回归方程(8)的系数估计结果如表 3 所示(样本区间为 1998 年 4 月—2007 年 11 月)。

表 3 回归方程(8)的系数估计结果

	α	β_1	β_2	β_3	β_4	β_5
估计系数	0.0012	-0.3523^{***}	0.2645^{***}	0.3162^{***}	-0.4691^{***}	0.2253^{***}
T 统计量	0.9640	-7.4912	5.6663	5.2399	-8.9129	4.1845
调整后 R^2	0.28					

在加入变量 $\Delta\ln(1 + B\_CF)$ 和 $\Delta\ln(1 + B\_A)$ 后,模型的解释能力得到了显著提高,总体解释能力达到了 28%。回归方程(8)中各变量对基金折价的变动都有显著的解释作用,这支持了本文提出的投机价值理论对基金折价的解释。根据投机价值理论,基金折价的变动是交易基金和交易基金所持资产的投机价值的相对变动造成的。从表 3 的结果来看:$\beta_1 < 0$,这说明当基金的换手率提高时,交易基金的投机价值增加,因此折价减少;$\beta_2 > 0$,这说明当基金所持资产(主要为股票)的换手率提高时,交易股票的投机价值增加,因此折价增加;$\beta_4 < 0$,这说明交易基金的投资者之间的信念差异较大时,基金的投机价值也较高,因此折价减少;$\beta_5 > 0$,这说明交易股票的投资者之间的信念差异较大时,股票的投机价值也较高,因此折价增加。表 3 的结果与本文提出的投机价值理论对封闭式基金折价的解释是一致的。

与此紧密相关的一个问题就是为什么封闭式基金发行时通常会溢价。Lee, Shleifer and Thaler(1991)将其归因于基金发行时机的选择,但这在解释中国封闭式基金溢价发行方面碰到了问题。因为我国基金的发行需要得到管理部门的批准,审批的时间通常比较长,具体的发行时间并不能由基金发行者根据市场行情自由决定。我们认为,基金发行时通常溢价的现象主要来源于基金发行时的营销活动。当基金积极进行营销活动时,大量投资者被吸引参与基金购买活动,这大大提高了基金的换手率。高的换手率意味着高的投机价值,而这正是吸引投资者,尤其是短线投资者参与基金买卖的动力。因此,我们在市场上经常看到新基金发行时,换手率会明显高出老基金的换手率的现象。所以基金发行时的折价通常会很小,甚至会溢价发行。这与股票 IPO 通常溢价发行的原因是类似的。

(三) 对基金价格波动性的解释

投资者情绪理论认为,个人投资者的噪音增加了封闭式基金的风险,因此,基金价格的波动性要高于基金净值的波动性。实际数据也支持了基金价格波动性要高于基金净值波动性的结论。本文提出的投机价值理论认为，交易基金本身投机价值的波动性要高于交易基金所持资产投机价值的波动性，从而基金价格的波动性要高于基金净值的波动性，而基金换手率的波动性高于基金所持资产换手率的波动性导致了交易封闭式基金投机价值的波动性高于交易基金所持资产投机价值的波动性。

表 4 列示了 1998 年 4 月—2000 年 3 月、2000 年 4 月—2002 年 3 月、2002 年 4 月—2007 年 11 月期间，封闭式基金平均净值（按基金净资产总值加权）和平均交易价格（按基金净资产总值加权）的波动性情况。由表 4 可以看出，基金价格的波动性在不同时期均高于基金净值的波动性。表 4 也列出了基金净值加权平均换手率的波动性与沪深 300 指数的成分股流通市值加权平均换手率的波动性。由表 2 可以看出，基金换手率的波动性高于沪深 300 指数成分股换手率的波动性。表 4 的结果支持了本文提出的投机价值理论。这里我们使用周数据，我们将变量取对数后，再进行差分，然后计算序列的标准差来衡量波动性。

表 4　各变量的波动性

变量	1998 年 4 月—2000 年 3 月	2000 年 4 月—2002 年 3 月	2002 年 4 月—2007 年 11 月	1998 年 4 月—2007 年 11 月
基金价格	0.0417	0.0246	0.0323	0.0333
基金净值	0.0280	0.0235	0.0240	0.0249
封闭式基金换手率	0.6409	0.5537	0.4908	0.5366
指数成分股换手率	0.4454	0.4484	0.4067	0.4221

接下来，一个自然的问题就是：为什么基金换手率的波动性通常高于基金所持资产的波动性，进而使得基金价格的波动性高于基金净值的波动性？Lee, Shleifer and Thaler（1991）的解释是个人投资者的情绪带来了基金价格的额外波动。而本文并不认同他们的观点。根据本文提出的投机价值理论，在投机价值变动与基本面价值变动相关性程度较低的前提下，基金价格与净值波动性的差异主要来源于两者的投机价值波动性的差异，而投机价值与交易该资产的投资者结构密切相关。基金所持有的资产通常情况下是一个比较分散的组合，而组合中不同资产的投机价值并非完全正相关，因为不同资产的投资者结构并非完全一致，因而部分由投机价值变动引起的风险通过组合被分散了。如果基金持有的资产组合充分分散，则基金净值的波动性更主要地反映了整个市场投机的

系统性风险。而交易基金的投机价值变动,除了整个市场投机的系统性风险之外,还包括由于特定的基金持有人结构所带来的特质风险。[5]　因此,交易基金投机价值的波动性要高于交易基金所持资产投机价值的波动性,进而我们在市场上观测到基金价格的波动性通常高于基金净值的波动性。

(四) 对基金折价波动正相关性的解释

众多的研究表明,不同基金折价水平之间以及折价变动之间存在明显的正相关。我们对此的解释是:一方面,不同基金的换手率以及换手率变动之间存在明显的正相关关系,即不同基金的投机价值以及基金投机价值的变动之间存在明显的正相关;另一方面,不同封闭式基金持有类似的资产而导致投机价值变动 ΔS_A 之间的正相关性。表 5 列出了本文所分析的 36 只封闭式基金换手率以及换手率变动之间相关系数的描述(为节省篇幅,本文未列出全部 36 只封闭式基金换手率以及换手率变动之间的相关系数)。

表 5　基金换手率以及换手率变动之间的相关性

变量	最小值	最大值	均值	标准差
基金折价之间的相关性	0.1778	0.9946	0.8449	0.1507
基金折价变动之间的相关性	0.1126	0.8564	0.5825	0.1349
基金换手率之间的相关性	0.0093	0.9608	0.5619	0.2570
基金换手率变动之间的相关性	0.0696	0.9177	0.5166	0.2016
基金净值之间的相关性	0.9074	0.9988	0.9768	0.0153
基金净值收益率之间的相关性	0.4988	0.9363	0.7340	0.0927

根据(3)式可知,不同封闭式基金折价变动的正相关性可能来源于以下两个方面:不同封闭式基金投机价值变动 ΔS_CF 之间的正相关性和由于不同封闭式基金持有类似的资产而导致投机价值变动 ΔS_A 之间的正相关性。下面我们用实际数据说明,导致我国封闭式基金折价变动的正相关性的原因在这两方面都存在。我国封闭式基金受到类似的流动性和其他政策要求的限制,大部分基金投资于市值大、流动性好的大盘股,这导致了基金持有相似的资产。我们利用 2002 年 3 月—2007 年 11 月的周数据计算得出不同基金净值之间的平均相关系数达到 0.9768,净值收益之间的平均相关系数为 0.7340(见表 5),进一步计算得出基金平均净值的变化与大盘股价格变化的相关系数为 0.85,而基金

―――――――――――

〔5〕　这与 Pontiff (1997)的研究是一致的,他的研究表明封闭式基金的波动性大部分来源于其特质风险。

平均净值的变化与小盘股价格变化的相关系数为 0.63,这支持了基金更倾向于投资大盘股而不是小盘股的观点。由于基金持有类似的资产,因此,不同基金所持资产投机价值的变动 ΔS_A 之间存在正相关性。表 5 显示不同封闭式基金换手率变动之间平均的相关系数为 0.5166,这说明不同基金的换手率变动存在正的相关性,而这将导致不同基金之间的投机价值变动 ΔS_CF 之间的正相关性。不同封闭式基金换手率变动之间存在较强的正相关性也表明不同基金持有人结构的相似性。

(五)小市值股票收益与基金折价的变动

我们采用与 Lee, Shleifer and Thaler(1991)类似的方法,考察小市值股票收益与基金折价变动之间的关系,我们利用 2002 年 3 月至 2007 年 11 月的周数据,并用申万小盘股指数的收益率代替小盘股组合的收益率,用沪深 300 指数收益代替市场收益,并采用以下形式的回归方程:

$$R_S = \alpha + \beta_1 \Delta \text{WD} + \beta_2 R_M + \varepsilon \tag{9}$$

其中,R_S 为申万小盘股指数的收益率,R_M 为沪深 300 指数收益率。

类似地,我们用申万大盘股指数的收益率代替大盘股组合的收益率,并采用以下形式的回归方程考察大市值股票收益与基金折价的变动关系:

$$R_B = \alpha + \beta_1 \Delta \text{WD} + \beta_2 R_M + \varepsilon \tag{10}$$

其中,R_B 为申万大盘股指数的收益率。

表 6 列出了回归方程(9)和(10)的估计结果,结果表明,在控制了市场收益之后,封闭式基金折价变动与小市值股票组合的收益并无显著关系。这说明由个人投资者导致的噪音风险并不能解释中国封闭式基金的折价,我国封闭式基金折价及其变动与整个市场有关,而不是与小市值组合的收益有关。上述结果与 Lee, Shleifer and Thaler(1991)的研究结论不一致,但与本文提出的投机价值理论是一致的。

表 6　回归方程(9)和(10)的系数估计结果

模型(9)	α	β_1	β_2	模型(10)	α	β_1	β_2
估计系数	−0.0024	−0.0198	0.8872***	估计系数	0.0001	−0.0109	0.9869***
T 统计量	−1.8771	−0.5133	23.5510	T 统计量	0.2537	−1.7115	158.8000
调整后 R^2	0.66			调整后 R^2	0.99		

投机价值理论认为基金折价的变动来自于交易基金的投机价值和交易基金所持资产的投机价值的变化。一方面,基金折价变动与交易基金的投机价值

变化有关。自 2000 年 3 月之后,我国封闭式基金的持有人主要以机构为主,因此,小盘股的投资主体同封闭式基金投资主体存在很大差异,相应地,交易小盘股的投机价值与交易封闭式基金的投机价值之间的相关性也较弱。这解释了为什么在控制了市场收益(相应地,也控制了交易基金所持资产的投机价值的变化)之后,封闭式基金折价变动与小市值股票组合的收益并无显著关系。

(六) 对封闭式基金折价随到期日临近而基本消失的解释

交易封闭式基金的投机价值是一个美式期权的价值,随着封闭式基金到期日的临近,交易封闭式基金的投机价值将趋近于零,但随着到期日的到来,封闭式基金要么清算、要么转成开放式基金,封闭式基金的持有者将获得交易基金所持资产的投机价值,而这将使得基金的交易价格与基金的净值趋于一致。投机价值理论与随着封闭式基金到期日临近,基金折价基本消失的现象并不矛盾。

五、进一步讨论

(一) 投机价值理论与封闭式基金折价的再讨论

我们可以从另一个角度来看封闭式基金的折价。根据本文的投机价值理论,资产的投机价值来源于交易,投资者之间信念的差异使得投资者有机会以更高的价格出售资产。但如果某投资者永远持有某一个资产而并不卖出,则该资产的投机价值对该投资者而言为零,即该投资者只愿意支付资产的基本面价值来购买该资产。我们回到封闭式基金的折价问题,封闭式基金通常采用长期持有的投资策略,而不会经常利用市场的波动来进行交易获利。因此,购买封闭式基金,从而间接拥有封闭式基金所持有的资产,与直接在市场上购买封闭式基金所持有的资产(如股票)相比,前者所包含的投机价值要低于后者所包含的投机价值。因为投机价值是以投资者信念差异为标的物的美式期权,直接购买封闭式基金所持有的资产,投资者可随时利用其他投资者的过度乐观而高价将资产出售给对方,即投资者除了拥有资产的基本面价值外还拥有资产的投机价值。而对于购买封闭式基金,从而间接拥有封闭式基金所持资产的投资者而言,其不能作出资产出售的决定;出售封闭式基金所持资产的决策是由基金经理作出的,而基金经理一般坚持价值投资理念,注重长期投资。因此,对于购买封闭式基金，并且永远持有基金的投资者，当然会理性地要求支付扣掉基金所持资产的投机价值部分后剩余的基本面价值，即要求基金必须折价交易。在交易封闭式基金的投机价值通常低于交易封闭式基金所持资产的投机价值的前提下，投资者所愿意支付的价格当然要低于基金所持资产的市场价格。

（二）封闭式基金折价与泡沫

根据投机价值理论，资产的价格包含基本面价值和投机价值两部分，而投机价值具有易变性，来源于投资者之间的信念差异，与资产的基本面价值无关。因此，投机价值可以看成资产的泡沫。封闭式基金的折价反映的是基金所持资产的投机价值与基金本身的投机价值之差。因此，封闭式基金折价越严重时，基金所持资产的投机价值高出基金本身投机价值的部分也越多，这可能意味着基金所持资产的泡沫程度也越高（当然，折价增加也有可能是基金的投机价值降低所造成的，而并非基金所持资产的投机价值增加）。在给定封闭式基金投机价值相对比较稳定的前提下，如果基金主要持有股票，封闭式基金折价越高，则股票市场的泡沫程度也越高。

（三）投机价值理论与投资者情绪理论

投机价值理论认为，投机价值来源于投资者之间的信念差异，相对于机构与机构之间，散户与散户之间的信念差异以及信念差异的波动更大。因此，该理论认为投机价值主要来自于散户，这与情绪理论认为情绪主要来自个人投资者相似。另外，投资者信念差异的波动很可能与投资者情绪变化有着密切关系，投机价值理论与情绪理论的出发点之间存在一定联系。但两者的差别也是很明显的。投资者情绪理论引入噪音对封闭式基金折价进行了解释，认为资产未来现金流贴现率的增加，会导致资产价格下降。而我们提出的投机价值理论认为，在缺乏卖空机制和存在大量散户交易者的情形下，交易本身会产生价值（美式期权的价格），从投机价值的存在性角度来理解我国封闭式基金的折价，投资者信念差异波动的增加将增加资产的投机价值，进而提高资产价格。这与投资者情绪理论的结论正好相反，投资者情绪理论认为，投资者情绪导致资产贴现率增加，从而降低资产价格。

根据投机价值理论，一个主要由散户组成的市场，其资产的投机价值往往比较高，相应地，其资产价格也比较高。这一点与情绪理论明显不同。因为根据投资者情绪理论，一个主要由个人投资者组成的市场，其噪音风险更大，因而投资风险更大,相应地,投资者要求以更低的价格购买资产,资产价格也较低。在我国股票市场,个人投资者占相当大的比例,加上我国对各种违规行为,如散布虚假信息、内幕交易等行为的处罚较为宽松,造成各种小道消息很容易在个体投资者之间传播。这增加了资产的投机价值,因此,我国 A 股市场的投机价值通常高于 H 股市场。相应地,A 股的价格也通常高于 H 股的价格。我国 A 股市场价格通常高于 H 股市场价格的事实与投机价值理论是吻合的。投机价值理论既能够解释我国 A 股市场价格通常高于 H 股市场价格以及高于 B 股市场价格的事实,同时也能解释我国封闭式基金的折价。显然,投资者情绪理论很难解释我国 A 股市场价格高于 H 股市场价格的事实,因为 A 股的噪音风险更大,根据 DSSW 模型,理性的投资者会要求以更低的价格购买资产,这与我国 A 股市场价格高于 H 股市场价格的事实相矛盾。投资者情绪理论也很难解释 2000 年 3 月(特别是 2002 年之后),在我国,机构持有了大部分的封闭式基金,但我国封闭式基金的折价却变得更严重的事实。中国和美国封闭式基金的持有人结构在 2002 年后存在明显差异,投资者情绪理论解释封闭式基金折价的基础,即大量噪音交易者的存在,在我国并不成立。这些都表明,用投资者情绪理论解释我国封闭式基金的折价存在缺陷。

比较投资者情绪理论与投机价值理论,我们可以看出,两者的核心差异在于是否承认交易本身会产生投机价值,而交易本身要有价值需要两个条件:卖空成本高和投资者之间存在异质信念。而这些条件在中国股票市场上都具备,因此,在我国股票市场上,投机价值在股票价格中所占的比重比较大。相比较而言,美国等成熟市场上投资者主要以机构为主,市场允许卖空,投机价值在股票价格中所占的比重相对较小。投机价值理论在我国这样的市场上更具有应用价值。简而言之,在一个有效市场上,资产的价格等于其基本面价值,不存在投机价值,而在一个比较远离有效的市场上投机价值才有存在的可能性,新兴市场上的资产价格更可能用投机价值理论进行解释。

六、结　　论

以上我们用投机价值理论解释了我国封闭式基金折价的原因,即交易基金的投机价值通常低于交易基金所持资产的投机价值。投机价值在解释我国封闭式基金折价方面起了关键作用,当交易基金的投机价值高于交易基金所持资产的投机价值时,基金的折价就会减少,甚至会溢价,如我国 1998 年至 2000 年的封闭式基金市场,交易基金的投机价值高于交易基金所持资产的投机价值。

同时,我们也给出了不同封闭式基金折价变动之间呈正相关性的原因:不同封闭式基金投机价值变动的正相关性和不同封闭式基金持有类似资产而导致的所持资产投机价值变动的正相关性。

另外,投机价值理论对封闭式基金清算日临近时折价基本消失的现象和发行时的溢价现象也给出了合理的解释。在我国新基金发行的时机并不完全由基金发行者决定,但基金发行者可以自由决定在什么时候进行基金申购的营销活动,正是这些营销活动使得参与基金交易的投机价值得到提升,新基金发行时,折价会减少,甚至溢价。当封闭式基金临近到期时,基金的持有者将得到基金所持资产,持有者在失去交易基金的投机价值的同时得到了交易基金所持资产的投机价值,基金折价消失。

更重要的是,投机价值理论还解释了投资者情绪理论对我国封闭式基金折价现象中不能解释的现象。2000 年,尤其是 2002 年后的我国封闭式基金市场,机构投资者在基金持有人结构中占据了主体地位,然而基金折价却更加严重。投机价值理论认为,这是由于机构倾向于长期持有,基金的换手率在机构占主体的时候比较低,相应地,交易基金的投机价值也比较低,从而基金折价加大。而 2002 年之后封闭式基金与小市值股票的持有机构的差异表明了两者投机价值的差异。在控制了大盘收益的基础上,封闭式基金折价变化与小盘股组合的收益在统计上并不相关。

总体而言,在我国股票市场缺乏卖空机制和存在大量散户的情形下,相对于投资者情绪理论,我们提出的投机价值理论对我国封闭式基金的折价现象给出了更为合理的解释。投机价值理论将资产价格分解为基本面价值和由于交易产生的投机价值两个部分,而投机价值是以投资者信念差异为标的物的美式期权价值,因此,资产价格不可能低于其基本面价值。然而这在解释以下事实方面遇到了困难:在股市极度低迷的时候,许多资产的价格甚至低于其净资产。我们认为这个问题有进行进一步研究的价值。另外,卖空即使在成熟的市场也存在一定障碍,我们认为,对于某些交易不太活跃、机构投资相对较少和小市值的股票,投机价值理论可能对资产的价格仍具有一定的解释能力。对投机价值理论能否在成熟市场仍具备一定解释能力的实证研究也是一个值得尝试的方向。最后,我们也必须指出,本文中使用换手率作为投资者之间异质信念差异波动性的替代变量可能存在一定的局限性,这是由于换手率很可能受到除异质信念差异波动性之外其他多种因素的干扰,如庄家的对倒等。因此,寻求其他可能的替代变量进行稳健性分析也具有一定的研究价值。

参 考 文 献

[1] 谷伟、余颖,2006,所有者结构与封闭式基金折价,《数理统计与管理》,第 5 期,第 297—305 页。

[2] 王擎,2004,再析中国封闭式基金折价之谜,《金融研究》,第 5 期,第 28—36 页。

[3] 伍燕然、韩立岩,2007,不完全理性、投资者情绪与封闭式基金之谜,《经济研究》,第 3 期,第 117—129 页。

[4] 薛刚、顾锋、黄培清,2000,封闭式基金的折价研究,《财经研究》,第 10 期,第 18—22 页。

[5] 张俊生、卢贤义和杨熠,2001,噪声理论能解释我国封闭式基金折价交易现象吗? —— 与薛刚、顾锋、黄培清三位先生商榷,《财经研究》,第 5 期,第 59—64 页。

[6] 张志超、田明圣,2003,我国封闭式基金折价原因探析,《经济理论与经济管理》,第 4 期,第 31—36 页。

[7] Bessembinder, K. Chan and P. J. Seguin, 1996, An empirical examination of information, differences of opinion, and trading activity, *Journal of Financial Economics* 40, 105—134.

[8] Bodurtha, J. N. , D. S. Kim, and C. M. C. Lee, 1995, Closed-end country funds and U. S. market sentiment, *Review of Financial Studies* 8, 879—918.

[9] Boehme, R. , B. Danielsen, and S. Sorrescu, 2006, Short-sale costs, differences of opinion and overvaluation, *Journal of Financial and Quantitative Analysis* 41, 455—487.

[10] Boudraux, K. J. , Discounts and premium on closed-end funds: A study in valuation, *Journal of Finance* 1973, 28, 515—522.

[11] Chen, N. F. , R. Kan, M. H. Miller, 1993, Are the discounts on closed-end funds are a sentiment index, *Journal of Finance* 53, 1838—1885.

[12] Cochrane, J. , 2003, Stocks as money: Convenience yield and the tech-stock bubble, Working Paper.

[13] Danielsen, B. R. and S. M. Sorescu, 2001, Why do option introductions depress stock prices? A study of diminishing short-sale constraints, *Journal of Financial and Quantitative Analysis* 36, 451—484.

[14] De Long, J. B. , A. Shleifer, L. H. Summers, and R. J. Waldmann, 1990, Noise trader risk in financial markets, *Journal of Political Economy* 98, 703—738.

[15] Diether, K. B. , C. J. Malloy, and A. Scherbina, 2002, Differences of opinion and the cross-section of stock returns, *Journal of Finance* 57, 2113—2141.

[16] Graham, J. , and C. Harvey, 1996, Market timing ability and volatility implied in investment newsletters' asset allocation recommendations, *Journal of Financial Economies* 42, 397—421.

[17] Harris, M. , and A. Raviv, 1993, Differences of opinion make a horse race, *Review of Financial Studies* 6, 473—506.

[18] Harrison, M. , and D. Kreps, 1978, Speculative investor behavior in a stock market with heterogeneous expectations, *Quarterly Journal of Economics* 92, 323—336.

[19] Jones, C. M. , G. Paul, and M. L. Lipson, 1994, Transactions, volume, and volatility, *Review of Financial Studies* 7, 631—651.

[20] Lee, C. M. C. , A. Shleifer, and R. H. Thaler, 1991, Investor sentiment and the closed-end fund puzzle, *Journal of Finance* 46, 75—109.

[21] Malkiel, B. , 1977, The valuation of closed-end investment company shares, *Journal of Finance* 32, 847—859.

[22] Mei, J. P. , J. A. Scheinkman, and X. Wei, 2005, Speculative trading and stock prices: Evidence from chinese a-b share premia, Working Paper.

[23] Miller, E. M. , 1977, Risk, uncertainty and divergence of opinion, *Journal of Finance* 32, 1151—1168.

[24] Neal, R. , and S. M. Wheatley, 1998, Do measures of investor sentiment predict stock returns, *Journal of Financial and Quantitative Analysis* 34, 523—547.

[25] Ofek, E. , and M. Richardson, 2003, Dotcom Mania: The rise and fall of internet stock prices, *Journal of Finance* 58, 1113—1137.

[26] Pontiff, J. , 1997, Excess volatility and closed-end funds, *American Economic Review* 87, 155—169.

[27] Scheinkman, J. , and W. Xiong, 2003, Overconfidence and speculative bubbles, *Journal of Political Economy* 111, 1183—1219.

[28] Shalen, C. , 1993, Volume, volatility and the dispersion of beliefs, *Review of Financial Studies* 6, 405—434.

[29] Wei, X. , and J. Scheinkman, 2004, Heterogeneous beliefs, speculation and trading in financial markets, Working Paper.

Speculation and Closed-end Fund Puzzle in Chinese Markets

Zhiguang Cao

(*School of Finance, Shanghai University of Finance & Economics*)

Junmin Yang

(*School of Business, Shanghai Institute of Foreign Trade*)

Abstract　A new approach has been proposed to give explanations to closed-end fund puzzle. The price of an asset can be decomposed into two parts in the presence of short-sale constrains and heterogeneous beliefs: fundamental value and speculative value. Speculative value can be viewed as an American option value and comes from heterogeneous believes between investors. Generally, speculative value of trading closed-end funds is less than that of trading stocks, so discounts on closed-end fund NAVs occur. Empirical study shows that the new approach gives good explanations to closed-end fund puzzle in Chinese markets.

Key Words Closed-end Fund Puzzle, Fundamental Value, Speculative Value

JEL Classification G22, G12, G14

图书在版编目（CIP）数据

金融学季刊. 第 4 卷. 第 2 期/徐信忠,刘力,朱武祥主编. —北京:北京大学出版社,2009.3

ISBN 978 - 7 - 301 - 14983 - 6

Ⅰ. 金…　Ⅱ. ①徐… ②刘… ③朱…　Ⅲ. 金融学 - 丛刊　Ⅳ. F830 - 55

中国版本图书馆 CIP 数据核字(2009) 第 027120 号

书　　　名:**金融学季刊（第 4 卷　第 2 期）**

著作责任者:徐信忠　刘　力　朱武祥　主编

责 任 编 辑:张　燕　祖国鹏

标 准 书 号:ISBN 978 - 7 - 301 - 14983 - 6/F · 2133

出 版 发 行:北京大学出版社

地　　　址:北京市海淀区成府路 205 号　　100871

网　　　址:http://www.pup.cn

电　　　话:邮购部 62752015　发行部 62750672　编辑部 62752926

　　　　　　出版部 62754962

电 子 邮 箱:em@ pup.pku.edu.cn

印 刷 者:北京大学印刷厂

经 销 者:新华书店

　　　　　　787 毫米×1092 毫米　16 开本　7.25 印张　118 千字

　　　　　　2009 年 3 月第 1 版　2009 年 3 月第 1 次印刷

定　　　价:30.00 元

International Price:US $25.00

2009 年度《金融学季刊》征订

　　《金融学季刊》是由中国金融学年会主办、北京大学出版社出版的专业学术刊物，主要刊登有关资产定价、公司财务与治理、金融市场与金融机构、金融工程、货币银行、国际金融等领域的高水平学术性论文。

　　《金融学季刊》将秉承学术中立、公正的原则，以弘扬金融学术研究为最高宗旨，坚持严谨、深入、细致、求实的学术风范。《金融学季刊》按照国际规范学术期刊的管理和编辑工作方式运作，实行严格的双匿名审稿制。《金融学季刊》的创刊目标是成为代表中国金融学研究最高水平的权威刊物，成为中国金融理论与实践研究和教学所必备的文献资源。

　　我们诚挚邀请海内外学者共襄盛举，踊跃投稿和订阅，为中国金融学的发展共同努力。

　　（为了保证创刊初期本刊的学术质量，《金融学季刊》拟于 2009 年度只出版 2 期，敬请广大读者谅解和支持。）

《金融学季刊》征订单（可复制）

联系电话：010 – 62752015　　传真：010 – 62753573　联系人：迟频　邢丽华
电子邮箱：bdsd@pku.edu.cn

每期订价	人民币 35 元（含邮费）				
订户名称			联系人		
详细地址			邮　编		
电子邮箱		传真	电　话		
订阅年度	□ 2009 年度（共 2 期）		份　数	每期 份	
合计金额	人民币（大写）	￥　　　元	汇款日期		

注：订刊款汇出后请立即将此订单邮寄、传真或 E-mail 到北京大学出版社北大书店，作为发行凭证。

汇款方法：

1. 邮政汇款：北京大学 871 –150 信箱　邮编：100871　收款人：迟频
（请在附言栏注明"《金融学季刊》2009 年度"及您的联系电话）

2. 银行电汇：户名：北京大学出版社
　　开户行：中国工商银行北京海淀西区支行
　　账号：0200 0045 0906 6138 007　　（请在汇款单的附言栏注明"北大书店"）

3. 银行汇款：户名：迟频　开户行：中国工商银行　卡号：9558 8002 0014 8872 514

注意事项：

1. 汇款时请务必将汇款人单位（地址）、姓名及邮编写清楚，以免影响邮寄。请勿在信中夹寄钱物。

2. 银行电汇及汇款后，请将汇款凭证及汇款人地址、邮编、电话、姓名传真给我们，以便掌握您的回邮地址。